TRANZLATY

El idioma es para todos

Język jest dla każdego

Las Aventuras de Alicia en el País de las Maravillas

Przygody Alicji w Krainie Czarów

Lewis Carroll

Español / Polsku

Por la madriguera del conejo
W głąb króliczej nory

Alicia empezaba a cansarse mucho
Alicja zaczynała być bardzo zmęczona
Estaba sentada junto a su hermana en el banco de hierba
Siedziała obok siostry na brzegu trawy
Pero ella no tenía nada que hacer
Ale ona nie miała nic do roboty
Su hermana estaba leyendo un libro
Jej siostra czytała książkę
una o dos veces Alicia echó un vistazo al libro
raz czy dwa Alicja zajrzała do książki
Pero el libro no contenía imágenes ni conversaciones
Ale w książce nie było żadnych zdjęć ani rozmów
«¿De qué sirve un libro sin imágenes?», pensó Alicia
"Po co z książki bez obrazków?" – pomyślała Alicja
"¿Por qué un libro no tendría conversaciones?"
"Dlaczego w książce nie ma rozmów?"
Pero tenía otras cosas que considerar
Miała jednak inne rzeczy do rozważenia
"Hacer una cadena de margaritas sería un placer"
"Zrobienie łańcuszka ze stokrotek byłoby przyjemnością"

"¿Pero vale la pena el esfuerzo de levantarse y recoger las margaritas?"

"Ale czy to jest warte wysiłku wstawania i zrywania stokrotek??"

No era tan fácil pensar en esto

Nie było to takie łatwe do przemyślenia

porque el día la estaba haciendo sentir somnolienta y estúpida

bo dzień sprawiał, że czuła się senna i głupia

Pero de repente sus pensamientos se vieron interrumpidos

Nagle jednak jej rozmyślania zostały przerwane

un conejo blanco de ojos rosados corrió cerca de ella

Biały Królik o różowych oczach przebiegł obok niej

No había nada demasiado notable en el conejo

W króliku nie było nic nadzwyczajnego

y Alicia tampoco pensó que el conejo fuera notable

Alicja też nie uważała królika za niezwykłego

ni le extrañó que el Conejo hablara

Nie zdziwiła się też, gdy Królik się odezwał

"¡Oh, Dios mío! ¡Llegaré demasiado tarde!", se dijo a sí mismo

"Ojej! Spóźnię się – powiedział do siebie

pero entonces el Conejo hizo algo que los conejos no hacían
ale potem Królik zrobił coś, czego króliki nie zrobiły
el Conejo sacó un reloj del bolsillo de su chaleco
Królik wyjął zegarek z kieszeni kamizelki
Miró la hora y luego se apresuró a seguir adelante
Spojrzał na godzinę, a potem pospieszył dalej
Alicia se puso en pie, asombrada
Alicja zerwała się na równe nogi ze zdumienia
¡Nunca antes había visto un conejo con chaleco!
Nigdy wcześniej nie widziała królika w kamizelce!
¡Tampoco había visto nunca un conejo con reloj!
Nigdy też nie widziała królika z zegarkiem!
Alicia ardía con una nueva curiosidad
Alicja płonęła nową ciekawością
y corrió por el campo tras el Conejo
i pobiegła przez pole za Królikiem
Llegó justo a tiempo para ver desaparecer al conejo
Zdążyła w samą porę, by zobaczyć, jak królik znika
El conejo saltó a una gran madriguera
Królik wskoczył do dużej króliczej nory
¡En otro momento, Alicia bajó detrás del conejo!
Po chwili Alicja poszła na dół za królikiem!
La madriguera del conejo seguía recto como un túnel
Królicza nora ciągnęła się prosto jak tunel
Y el túnel siguió avanzando a cierta distancia
Tunel ciągnął się jeszcze przez jakiś czas
Y entonces el camino de repente se hundió
A potem ścieżka nagle zapadła się w dół
Alicia no tuvo ni un momento para pensar en detenerse
Alicja nie miała ani chwili na myśl, żeby się powstrzymać
Se encontró a sí misma cayendo y abajo y abajo
Złapała się na tym, że upada i upada i upada
Parecía como si hubiera caído en un pozo muy profundo
Wyglądało to tak, jakby wpadła do bardzo głębokiej studni
O el pozo era muy profundo, o ella caía muy lentamente
Albo studnia była bardzo głęboka, albo spadała bardzo powoli
porque tenía tiempo de sobra para caer

bo miała dużo czasu do upadku
Mientras caía, podía mirar a su alrededor
Kiedy upadała, mogła rozejrzeć się dookoła
Primero, trató de averiguar a dónde iba
Najpierw próbowała zorientować się, dokąd idzie
Pero el pozo estaba demasiado oscuro para ver nada
Ale studnia była zbyt ciemna, by cokolwiek zobaczyć
Luego miró a los lados del pozo
Potem spojrzała na boki studni
Y se dio cuenta de que había armarios a su alrededor
I zauważyła, że wokół niej są szafki
y alrededor del pozo había estanterías de libros
a dookoła studni znajdowały się półki z książkami
Aquí y allá veía mapas y cuadros colgados de perchas
Tu i ówdzie widziała mapy i obrazy zawieszone na kołkach
Al pasar, bajó un frasco de una de las estanterías
Przechodząc obok zdjęła słoik z jednej z półek
El frasco estaba etiquetado por su contenido
Słoik został oznaczony ze względu na jego zawartość
"MERMELADA DE NARANJAS"
"MARMOLADA Z POMARAŃCZY"
Pero, para su gran decepción, el frasco de mermelada estaba vacío
Ale, ku jej wielkiemu rozczarowaniu, słoik po marmoladzie był pusty
No quería dejar caer el tarro de mermelada vacío
Nie chciała upuścić pustego słoika po marmoladzie
y su caída fue muy lenta
a jej upadek był bardzo powolny
Así que se las arregló para poner el frasco de mermelada en uno de los armarios
Udało jej się więc schować słoik marmolady do jednej z szafek
¡Abajo, abajo, abajo, ella cae!
W dół, w dół, w dół, ona upada!
¿Llegaría alguna vez la caída a su fin?
Czy ten upadek kiedykolwiek się skończy?
No había nada más que hacer

Nie było nic innego do roboty

así que Alicia pronto empezó a hablar consigo misma

więc Alicja wkrótce zaczęła mówić do siebie

—¡Dinah me echará mucho de menos esta noche, creo!

– Myślę, że Dinah będzie za mną dziś bardzo tęsknić!

Dinah era la gata de Alicia

Dinah była kotką Alicji

"Espero que se acuerden de su plato de leche a la hora del té"

"Mam nadzieję, że przypomną sobie jej spodek z mlekiem w porze podwieczorku"

—¡Dinah, querida, desearía que estuvieras aquí abajo conmigo!

— Dinah, moja droga, chciałabym, żebyś była tu ze mną!

Alicia sintió que se estaba quedando dormida

Alicja czuła, że zasypia

Y de repente, ¡pum! ¡golpe!

A potem nagle, łomot! Thump!

Cayó sobre un montón de palos

Upadła na stertę patyków

y aterrizó sobre un montón de hojas secas

i wylądowała na stercie suchych liści

Y finalmente la larga caída por el agujero había terminado

i w końcu długi upadek w dół dobiegł końca

Alicia no estaba herida en lo más mínimo

Alicja nie była ani trochę zraniona

Y se levantó de un salto en un momento

i w mgnieniu oka podskoczyła

Alzó la vista, pero todo estaba oscuro sobre su cabeza

Spojrzała w górę, ale nad jej głową było ciemno

Frente a ella había otro largo pasillo

Przed nią znajdował się kolejny długi korytarz

y el Conejo Blanco seguía a la vista

a Biały Królik wciąż był w zasięgu wzroku

Corría por el pasillo

Spieszył się korytarzem

No había un momento que perder

Nie było ani chwili do stracenia

Alicia salió corriendo como el viento
odeszła Alicja jak wiatr
A la vuelta de la esquina giró el conejo
Za rogiem odwrócił się królik
Llegó justo a tiempo para oír al conejo
Zdążyła w samą porę, by usłyszeć królika
"Oh, mis orejas y bigotes"
"Och, moje uszy i wąsy"
"¡Qué tarde se está haciendo!"
"Jak późno się robi!"
Estaba muy cerca del conejo
Była tuż za królikiem
Dobló otra esquina
Skręciła za kolejny róg
pero el Conejo ya no se dejaba ver
ale Królika już nie było widać
Se encontró en un pasillo largo y bajo
Znalazła się w długim, niskim korytarzu
La sala estaba iluminada por una hilera de lámparas de techo
Hol oświetlał rząd lamp sufitowych
Había puertas por todo el pasillo
Dookoła korytarza były drzwi
pero todas las puertas estaban cerradas con llave
ale wszystkie drzwi były zamknięte
Caminó por un lado del pasillo
Przeszła całą drogę po jednej stronie korytarza
Y ella había caminado todo el camino hasta el otro lado de la sala
Przeszła całą drogę na drugą stronę korytarza
Había intentado todas las puertas
Wypróbowała wszystkie drzwi
Y caminó tristemente por el centro del pasillo
i poszła smutna środkiem korytarza
"¿Cómo voy a volver a salir?"
"Jak ja kiedykolwiek znowu się stąd wydostanę?"

De repente se encontró con una mesita
Nagle natknęła się na mały stolik
La mesa estaba hecha completamente de vidrio macizo
Stół został wykonany w całości z litego szkła
No había nada sobre la mesa, excepto una pequeña llave dorada
Na stole nie leżało nic prócz maleńkiego złotego kluczyka
¡La llave podría pertenecer a una de las puertas!
Klucz może należeć do jednych z drzwi!
Pero, ¡ay! Algunas de las cerraduras eran demasiado grandes para las llaves
Ale, niestety! Niektóre zamki były za duże na klucze
y para las otras cerraduras la llave era demasiado pequeña
a do innych zamków klucz był za mały
Pero, en cualquier caso, la llave no abrió ninguna de las puertas
W każdym razie klucz nie otwierał żadnych drzwi
Pero, ¿qué iba a hacer ella?
Ale cóż miała począć?
Volvió a atravesar el pasillo
Znowu przeszła przez korytarz
Y esta vez se fijó en una cortina baja
I tym razem zauważyła niską firankę

Detrás de la cortina había una puertecita

Za kotarą znajdowały się małe drzwiczki

La puerta tenía unos quince centímetros de alto

Drzwi miały około piętnastu cali wysokości

Probó la pequeña llave dorada en la cerradura

Spróbowała małego złotego kluczyka w zamku

Y para su gran deleite, ¡la llave encajó en la cerradura!

I ku jej wielkiej radości klucz zmieścił się w zamku!

Alicia abrió la puerta

Alicja otworzyła drzwi

Y encontró que la puerta daba a un pequeño pasillo

I zobaczyła, że drzwi prowadzą do małego korytarza

El corredor no era mucho más grande que una madriguera de ratas

Korytarz był niewiele większy od szczurzej nory

Se arrodilló y miró a lo largo del pasillo

Uklękła i rozejrzała się po korytarzu

Y ella vio el jardín más hermoso que jamás hayas visto

i zobaczyła najpiękniejszy ogród, jaki kiedykolwiek widziałeś

¡Cómo anhelaba salir de ese oscuro salón

Jakże pragnęła wydostać się z tego ciemnego korytarza

cómo quería vagar entre esas flores brillantes

Jakże chciała wędrować wśród tych jaskrawych kwiatów

¡Qué genial se veían esas fuentes

jak fajnie wyglądały te fontanny

Pero ni siquiera podía meter la cabeza por la puerta

Nie mogła jednak nawet przebić się przez drzwi

-¡Oh! -exclamó Alicia con tristeza-

— Och — rzekła Alicja ze smutkiem

"¡Cómo desearía poder plegarme como un telescopio!"

"Jakże bym chciał się złożyć jak teleskop!"

"Creo que podría plegarme como un telescopio"

"Myślę, że mógłbym się złożyć jak teleskop"

"Si supiera cómo empezar"

"Gdybym tylko wiedział, jak zacząć"

Alicia volvió a la mesa

Alicja wróciła do stołu

Existía la posibilidad de encontrar otra llave
Była szansa na odnalezienie kolejnego klucza
O podría haber un libro de reglas
Albo może być księga zasad
El libro podría decirle cómo plegarse como un telescopio
Książka mogłaby jej powiedzieć, jak złożyć się jak teleskop
Esta vez encontró una botellita
Tym razem znalazła małą buteleczkę
—Esta botella no estaba aquí antes —dijo Alicia—
– Tej butelki na pewno jeszcze tu nie było – powiedziała Alice
y atada alrededor del cuello de la botella había una etiqueta de papel
Na szyjce butelki zawieszona była papierowa etykieta
La etiqueta estaba bellamente impresa en letras grandes
Etykieta była pięknie wydrukowana dużymi literami
"BÉBEME"
"WYPIJ MNIE"
—No, miraré primero —dijo ella—
– Nie, najpierw przyjrzę się – powiedziała
"Veré si la botella está marcada como venenosa o no"
"Zobaczę, czy butelka jest oznaczona jako trująca, czy nie"
porque nunca olvidó la lección sobre el veneno
bo nigdy nie zapomniała lekcji o truciźnie
"Si una botella está etiquetada como venenosa, es probable que no esté de acuerdo contigo"
"Jeśli butelka jest oznaczona jako trująca, na pewno się z tobą nie zgodzi"
Sin embargo, esta botella no estaba marcada como venenosa
Jednak butelka ta nie była oznaczona jako trująca
así que Alicia se aventuró a probar el contenido de la botella
Alicja odważyła się więc skosztować zawartości butelki
Encontró el líquido bastante de su agrado
Stwierdziła, że płyn przypadł jej do gustu
La bebida tenía una especie de sabor mezclado
Napój miał coś w rodzaju mieszanego smaku
tarta de cerezas, natillas y piña
tarta wiśniowa, budyń, ananas

Pavo asado, caramelo y tostadas con mantequilla caliente
pieczony indyk, toffi i tosty z gorącym masłem
Y pronto acabó la botella
i wkrótce dokończyła butelkę
-¡Qué sensación tan curiosa! -exclamó Alicia-
"Cóż za dziwne uczucie!" powiedziała Alicja
"¡Me estoy pliegando como un telescopio!"
"Składam się jak teleskop!"
¡Y se estaba pliegando como un telescopio!
A ona składała się jak teleskop!
Ahora solo medía diez pulgadas de alto
Miała teraz tylko dziesięć cali wzrostu
y su rostro se iluminó con sus pensamientos
a twarz jej rozjaśniła się na myśl
Ahora ella tenía el tamaño adecuado para la pequeña puerta
Teraz miała odpowiedni rozmiar do małych drzwi
Ahora podía entrar en ese hermoso jardín
Teraz mogła wejść do tego pięknego ogrodu
Pronto dejó de hacerse más pequeña
Wkrótce przestała się zmniejszać
Decidió ir al jardín de inmediato
Postanowiła od razu pójść do ogrodu
pero, ¡ay de la pobre Alicia!
ale, biada biednej Alicji!
Llegó a la puerta
Dotarła do drzwi
Pero había olvidado la pequeña llave de oro
Zapomniała jednak małego złotego kluczyka
Volvió a la mesa en busca de la llave
Wróciła do stołu po klucz
**Pero se dio cuenta de que no podía llegar lo suficientemente
alto**
Stwierdziła jednak, że nie jest w stanie sięgnąć wystarczająco
wysoko
Podía ver la llave claramente a través del cristal
Przez szybę widziała klucz całkiem wyraźnie
Trató de trepar por las patas de la mesa

Spróbowała wspiąć się na nogi stołu
Pero el cristal era demasiado resbaladizo
Ale szklanka była zdecydowanie zbyt śliska
Con el tiempo se cansó de intentarlo
W końcu zmęczyła się próbami
Y la pobre niña se sentó y lloró
Biedna dziewczynka usiadła i płakała
Alicia se habló a sí misma con bastante brusquedad
Alicja mówiła do siebie dość ostro
"¡Vamos, no sirve de nada llorar así!"
"Chodź, nie ma sensu tak płakać!"
"¡Te aconsejo que te detengas ahora mismo!"
"Radzę ci natychmiast przestać!"
En general, se daba muy buenos consejos
Generalnie dawała sobie bardzo dobre rady
aunque muy rara vez seguía sus propios consejos
choć bardzo rzadko stosowała się do własnych rad
Y a veces era demasiado dura consigo misma
i czasami była dla siebie zbyt surowa
y sus palabras hicieron que se le llenaran los ojos de lágrimas
a jej słowa sprawiły, że łzy napłynęły jej do oczu
Pronto sus ojos se posaron en una cajita de cristal
Wkrótce jej wzrok padł na małe szklane pudełko
La cajita de cristal estaba debajo de la mesa
Małe szklane pudełko leżało pod stołem
En la caja de cristal había un pastel muy pequeño
W szklanym pudełku znajdowało się bardzo małe ciastko
En el pastel, algunas palabras estaban bellamente escritas
Na torcie pięknie napisane były słowa
Las palabras habían sido marcadas con grosellas
Słowa były zaznaczone w porzeczkach
"CÓMEME"
"ZJEDZ MNIE"
—Bueno, me comeré el pastel —dijo Alicia—
– No cóż, zjem ciastko – powiedziała Alicja
"y si el pastel me hace crecer, puedo llegar a la llave"

"a jeśli ciasto sprawi, że urosnę, mogę dotrzeć do klucza"
"y si el pastel me hace más pequeño, puedo arrastrarme por debajo de la puerta"
"a jeśli ciasto sprawi, że umniejszę, mogę wślizgnąć się pod drzwi"
"así que de cualquier manera me meteré en el jardín"
"więc tak czy inaczej wejdę do ogrodu"
"¡Y no me importa cuál de los dos suceda!"
"I nie obchodzi mnie, które z tych dwóch rzeczy się zdarzy!"
Se comió un pedacito del pastel
Zjadła kawałek ciasta
Y se habló a sí misma con ansiedad:
I z niepokojem mówiła do siebie:
—¿De qué manera? ¿Hacia dónde?
— Którędy? Którędy?
Y se llevó la mano a la cabeza
I trzymała rękę na głowie
Quería sentir de qué manera estaba creciendo
Chciała wyczuć, w którą stronę się rozwija
Se sorprendió bastante al descubrir lo que había sucedido
Była bardzo zaskoczona, gdy dowiedziała się, co się stało
¡Había permanecido del mismo tamaño!
Pozostała tego samego rozmiaru!
Así que esta vez redobló sus esfuerzos
Tym razem więc podwoiła swoje wysiłki
Y pronto terminó todo el pastel
i wkrótce skończyła całe ciasto

El charco de lágrimas
Kałuża łez

-¡Esto se está poniendo cada vez más interesante! -exclamó
Alicia-
"Robi się to coraz ciekawsze!" zawołała Alicja
Se puede ver que estaba muy sorprendida
Widać, że była bardzo zaskoczona
**"¡Me estoy abriendo como el telescopio más grande que
jamás haya existido!"**
"Otwieram się, jakby był to największy teleskop, jaki
kiedykolwiek istniał!"
—¡Adiós, pies! ¡Oh, mis pobres piecitos!
"Żegnajcie, stopy! Och, moje biedne małe stópki"
**"Me pregunto quién se pondrá sus zapatos por ustedes
ahora, queridos".**
– Ciekawe, kto teraz założy wam buty, kochani?
—¿Y me pregunto quién se pondrá las medias?
– A ja się dziwię, kto ci założy pończochy?
"Estaré demasiado lejos"
"Będę o wiele za daleko"
"No podré preocuparme más por ti"
"Nie będę już mógł się o ciebie martwić"
Justo en ese momento su cabeza golpeó contra algo
Właśnie w tym momencie uderzyła o coś głową
Había llegado al techo de la sala
Dotarła na dach hali
De hecho, ahora medía más de dos metros de altura
W rzeczywistości miała teraz ponad dwa metry wzrostu
Y al instante tomó la pequeña llave de oro
I natychmiast wzięła do ręki mały złoty kluczyk
Y se apresuró a llegar a la puerta del jardín
i pośpieszyła do drzwi ogrodu
¡Pobre Alicia! No había mucho que pudiera hacer
Biedna Alicja! Niewiele mogła zrobić
Se acostó de lado
Położyła się na boku
Y miró al jardín con un ojo

I jednym okiem patrzyła na ogród
Pero salir adelante era más desesperado que nunca
Ale przetrwanie było bardziej beznadziejne niż kiedykolwiek
Se sentó y comenzó a llorar de nuevo
Usiadła i znowu zaczęła płakać
Siguió derramando galones de lágrimas
Dalej wylewała litry łez
Pronto había un gran estanque a su alrededor
Wkrótce wokół niej pojawiła się duża kałuża
Y el agua llegaba hasta la mitad del pasillo
a woda sięgała do połowy korytarza
Al cabo de un rato, oyó un pequeño golpeteo de pies
Po pewnym czasie usłyszała cichy tupot stóp
Oyó los pasos que venían de lejos
Usłyszała dobiegające z oddali stopy
Y se secó los ojos apresuradamente para ver lo que venía
i pośpiesznie otarła oczy, aby zobaczyć, co ma nadejść
Era el Conejo Blanco que regresaba
To był powrót Białego Królika
Iba espléndidamente vestido
Był wspaniale ubrany
Tenía un par de guantes blancos en una mano
W jednej ręce trzymał parę białych rękawiczek
y tenía un gran abanico de plumas en la otra mano
a w drugiej ręce trzymał duży wachlarz z piór
Llegó trotando a toda prisa
Szedł kłusem w wielkim pośpiechu
y murmuró para sí: "¡Oh! ¡La duquesa, la duquesa!
i mruknął do siebie: "Och! Księżna, księżna!
—¡Oh! ¡No será salvaje si la he hecho esperar!
— Och! Czyż nie będzie dzika, jeśli każę jej czekać!"

Cuando el Conejo se acercó a ella, Alicia habló
Kiedy Królik zbliżył się do niej, Alicja przemówiła
Pero ella hablaba en voz baja y tímida
Mówiła jednak niskim, nieśmiałym głosem
"Señor, por favor, deje de hacer lo que está haciendo por un momento"
"Proszę pana, proszę na chwilę przerwać to, co pan robi"
El Conejo se sobresaltó violentamente
Królik przestraszył się gwałtownie
Dejó caer los guantes blancos y el abanico de plumas
Upuścił białe rękawiczki i wachlarz z piór
Y se escabulló en la oscuridad lo más rápido que pudo
i pomknął w ciemność tak szybko, jak tylko mógł
Alicia recogió el abanico de plumas y los guantes
Alice podniosła wachlarz z piór i rękawiczki
Y no paraba de abanicarse mientras seguía hablando
I wachlowała się, gdy mówiła
"¡Querido, querido! ¡Qué extraño es todo hoy!"

"Kochanie, kochanie! Jakże dziwne jest dzisiaj wszystko!"
"Ayer las cosas siguieron como siempre"
"Wczoraj wszystko toczyło się jak zwykle"
—¿Era yo el mismo cuando me levanté esta mañana?
– Czy byłem taki sam, kiedy wstałem dziś rano?
"Pero si no soy el mismo, hay otra cuestión"
"Ale jeśli nie jestem taki sam, to jest inne pytanie"
"¿Quién demonios soy yo?"
"Kim, u licha, jestem?"
"¡Ah, ese es el gran rompecabezas!"
"Ach, to jest wielka zagadka!"
Al decir esto, se miró las manos
Mówiąc to, spojrzała w dół na swoje dłonie
Llevaba uno de los Conejos, gusanos blancos
Miała na sobie jedną z małych białych rękawiczek królika
No se había dado cuenta de que se había puesto el guante mientras hablaba
Nie zauważyła, że założyła rękawiczkę podczas rozmowy
"¿Cómo pude haber hecho eso?", pensó
"Jak mogłam to zrobić?" – pomyślała
"Debo estar haciéndome pequeño otra vez"
"Chyba znowu staję się mały"
Se levantó y se acercó a la mesa para medir su altura
Wstała i podeszła do stołu, aby zmierzyć swój wzrost
Descubrió que ahora medía aproximadamente medio metro de altura
Okazało się, że ma teraz około pół metra wzrostu
Y ella seguía encogiéndose rápidamente
i nadal szybko się kurczyła
Pronto descubrió cuál era la causa del encogimiento
Wkrótce dowiedziała się, co było przyczyną kurczenia się
¡El abanico de plumas la estaba haciendo más pequeña de nuevo!
Wachlarz z piór sprawiał, że znów była mniejsza!
Y dejó caer el abanico de plumas apresuradamente
i pospiesznie upuściła wachlarz z piór
Dejó caer el abanico de plumas justo a tiempo para salvarse

Upuściła wachlarz z piór w samą porę, by się uratować

Si se hubiera abanicado por más tiempo, se habría encogido por completo

Gdyby wachlowała się jeszcze bardziej, skurczyłaby się całkowicie

-¡Ha sido una fuga por los pelos! -dijo Alicia-

"To była mała ucieczka!" powiedziała Alicja

Y se asustó mucho ante el cambio repentino

Była bardzo przerażona tą nagłą zmianą

pero estaba muy contenta de encontrarse todavía en existencia

Była jednak bardzo zadowolona, że wciąż istnieje

—¡Y ahora, al jardín!

— A teraz do ogrodu!

Y corrió a toda prisa hacia la puertecita

I pobiegła czym prędzej z powrotem do małych drzwi

Pero, ¡ay! La puertecita se cerró de nuevo

Ale, niestety! Małe drzwiczki znów się zamknęły

Y la pequeña llave de oro volvía a estar sobre la mesa de cristal

A mały złoty kluczyk znów leżał na szklanym stole

"Las cosas están peor que nunca", pensó el pobre niño

"Jest gorzej niż kiedykolwiek" – pomyślało biedne dziecko

"Nunca antes había sido tan pequeño como esto, ¡nunca!"

"Nigdy wcześniej nie byłam tak mała, nigdy!"

Al decir estas palabras, su pie resbaló

Gdy wypowiedziała te słowa, poślizgnęła się jej stopa

¡Y en otro momento hubo un gran chapoteo!

A za chwilę rozległ się wielki plusk!

Estaba sumergida en agua salada hasta la barbilla

Była po brodę w słonej wodzie

Su primera idea fue que de alguna manera había caído al mar

Jej pierwszą myślą było to, że w jakiś sposób wpadła do morza

Sin embargo, pronto se dio cuenta de en qué estaba metida

Szybko jednak zdała sobie sprawę, w czym się znalazła

Estaba en un charco de lágrimas

Była w kałuży łez
las lágrimas que había llorado cuando tenía dos metros de altura
Łzy, które wypłakała, gdy miała dwa metry wzrostu

Justo en ese momento escuchó algo
Właśnie wtedy coś usłyszała
Algo chapoteaba en la piscina
Coś pluskało się w basenie
El chapoteo venía de un poco más lejos
Plusk dochodził z daleka
Y se acercó nadando para ver qué era el chapoteo
Podpłynęła bliżej, żeby zobaczyć, co to za plusk
Pronto vio que era solo un ratoncito
Wkrótce przekonała się, że to tylko mała myszka
El ratoncito también se había metido en el agua
Mała myszka też wślizgnęła się do wody
Alicia pensó para sí misma sobre la situación
Alicja zastanowiła się nad sytuacją

—¿Serviría de algo hablar con este ratón?
— Czy na nic się zda rozmowa z tą myszką?
"Aquí todo está tan al revés"
"Tu wszystko jest takie wywrócone do góry nogami"
"Creo que es muy probable que este ratón pueda hablar"
"Myślę, że jest bardzo prawdopodobne, że ta mysz potrafi mówić"
"En cualquier caso, no hay nada de malo en intentarlo"
"W każdym razie nie ma nic złego w próbowaniu"
Así que empezó a tratar de hablar con el ratón
Zaczęła więc próbować rozmawiać z myszą
"Oh Ratón, ¿conoces la forma de salir de esta piscina?"
"Och, Mysz, znasz wyjście z tego basenu?"
—¡Estoy muy cansado de nadar por aquí, oh ratón!
"Jestem bardzo zmęczony pływaniem tutaj, o Mysz!"
El ratón la miró con curiosidad
Mysz spojrzała na nią dość ciekawie
El ratón parecía guiñar un ojo con uno de sus ojitos
Mysz zdawała się mrugać jednym ze swoich małych oczu
Pero el ratoncito no dijo nada
Ale mała myszka nic nie powiedziała
"A lo mejor el ratón no entiende inglés", pensó Alicia
"Może mysz nie rozumie angielskiego" – pomyślała Alice
"Me atrevo a decir que es un ratón francés"
"Śmiem twierdzić, że to francuska mysz"
"tal vez este ratón vino con Guillermo el Conquistador"
"być może ta mysz przyszła z Wilhelmem Zdobywcą"
Así que empezó de nuevo, en francés
Zaczęła więc od nowa, tym razem po francusku
"¿Dónde está mi gato?", preguntó en francés
"Gdzie jest mój kot?" zapytała po francusku
era la primera frase de su libro de clases de francés
To było pierwsze zdanie w jej zeszycie do lekcji francuskiego
El Ratón dio un súbito salto fuera del agua
Mysz nagle wyskoczyła z wody
y el ratón pareció temblar de miedo
a mysz zdawała się drżeć ze strachu

-¡Oh, le ruego que me perdone! -exclamó Alicia
apresuradamente-
— Och, przepraszam cię! — zawołała pośpiesznie Alicja
Temía haber herido los sentimientos del pobre animal
Bała się, że zraniła uczucia biednego zwierzęcia
"Olvidé que no te gustaban los gatos"
"Zupełnie zapomniałem, że nie lubisz kotów"
**—¡No me gustan los gatos! —exclamó el ratón con voz
estridente y apasionada—**
"Nie lubię kotów!" zawołała Mysz przenikliwym, namiętnym
głosem
—¿Te gustaría tener gatos, si fueras yo?
"Czy na moim miejscu chciałbyś mieć koty?"
Alicia consoló al ratón en un tono tranquilizador
Alicja pocieszyła mysz kojącym tonem
**"Bueno, tal vez a mí tampoco me gustarían los gatos si fuera
tú"**
"Cóż, może na twoim miejscu też bym nie lubił kotów"
"Por favor, no te enfades por la mención de los gatos"
"Proszę, nie gniewaj się na wzmiankę o kotach"
**"Y, sin embargo, desearía poder mostrarte a nuestra gata
Dinah"**
"A jednak żałuję, że nie mogę pokazać ci naszej kotki Dinah"
"Si la conocieras, creo que te encapricharías de los gatos"
"gdybyś ją spotkał, myślę, że spodobałyby ci się koty"
"Si tan solo pudieras verla"
"Gdybyś tylko mógł ją zobaczyć"
"Es una cosa tan querida y tranquila"
"Ona jest taka kochana, cicha rzecz"
El ratón temblaba por todas partes
Mysz trzęsła się na całym ciele
**Alicia estaba segura de que el ratón debía de estar realmente
ofendido**
Alicja była pewna, że mysz musi być naprawdę urażona
"No hablaremos más de ella, si prefieres no hacerlo"
"Nie będziemy już o niej rozmawiać, jeśli wolisz"
-¡Nosotros, en efecto! -exclamó el Ratón-

"My doprawdy!" zawołała Mysz

El ratón temblaba hasta la punta de la cola

Mysz drżała aż do końca ogona

—¡Como si fuera a hablar de un tema así!

"Jakbym miał mówić na taki temat!"

"Nuestra familia siempre odió a los gatos"

"Nasza rodzina zawsze nienawidziła kotów"

"Gatos; ¡Cosas desagradables, bajas, vulgares!"

"Koty; Paskudne, niskie, wulgarne rzeczy!"

"¡No dejes que vuelva a escuchar el nombre!"

"Nie pozwól mi więcej usłyszeć tego imienia!"

-¡No volveré a hablar de los gatos! -dijo Alicia-

"Naprawdę nie wspomnę już o kotach!" powiedziała Alicja

Tenía mucha prisa por cambiar de tema

Bardzo się spieszyła ze zmianą tematu

"¿Eres tú... ¿Te gustan los perros?

"Czy jesteś... Lubisz psy?

"Hay un perrito tan simpático cerca de nuestra casa"

"W pobliżu naszego domu jest taki miły piesek"

—¡Me gustaría enseñarte el perrito!

— Chciałabym ci pokazać tego małego pieska!

"Este perrito mata a todas las ratas y...

"Ten mały piesek zabija wszystkie szczury i...

-¡Oh, querida! -exclamó Alicia en tono triste-

"Och, ojej!" zawołała Alicja smutnym tonem

"¡Me temo que te he ofendido de nuevo!"

"Obawiam się, że znowu cię obraziłem!"

El ratón se alejaba nadando de ella tan rápido como podía

Mysz oddalała się od niej tak szybko, jak tylko mogła

y el ratón hizo un gran alboroto en la piscina

a mysz narobiła niezłego zamieszania w basenie

Así que llamó suavemente al ratón

Zawołała więc cicho za myszką

"¡Mi querido ratón, por favor vuelve!"

"Moja droga Myszko, proszę, wróć!"

"Y no hablaremos de gatos"

"I nie będziemy rozmawiać o kotach"

"Y tampoco tenemos que hablar de perros"
"I o psach też nie musimy rozmawiać"
Cuando el ratón escuchó esto, se dio la vuelta
Kiedy mysz to usłyszała, odwróciła się
Y el ratoncito nadó lentamente de regreso a ella
A mała myszka powoli wróciła do niej
La cara del ratón estaba bastante pálida
Twarz myszy była dość blada
Y el ratón habló, en voz baja y temblorosa
A mysz przemówiła niskim, drżącym głosem
"Vamos a la orilla"
"Chodźmy na brzeg"
"y luego te contaré mi historia"
"a potem opowiem ci moją historię"
"y entenderás por qué odio a los gatos y a los perros"
"I zrozumiesz, dlaczego nienawidzę psów i kotów"
Ya era hora de partir
Najwyższy czas odejść
porque la piscina se estaba llenando bastante
ponieważ basen robił się dość zatłoczony
Otros pájaros y animales habían caído en el estanque
Inne ptaki i zwierzęta wpadły do basenu
había un pato y un dodo
Była tam Kaczka i Dodo
y había un pájaro lori y un aguilucho
Był też ptak Lory i Orlik
Y había varias otras criaturas de aspecto interesante
i było jeszcze kilka innych ciekawie wyglądających stworzeń
Alicia abrió el camino para salir de la piscina
Alice poprowadziła nas do wyjścia z basenu
Y todo el grupo de animales nadó hasta la orilla
i cała gromada zwierząt dopłynęła do brzegu

Una carrera de caucus y una larga cola
Wyścig klubowy i długi ogon
De hecho, eran un grupo de animales de aspecto gracioso
Była to rzeczywiście śmiesznie wyglądająca gromada zwierząt
Y todos se reunieron a la orilla del agua
i wszyscy zebrali się na brzegu wody
Todos los pájaros tenían las plumas desaliñadas
Wszystkie ptaki miały potargane pióra
y los animales peludos estaban empapados
a futrzaste zwierzęta były przemoczone na wskroś
y todos estaban empapados, molestos e incómodos
i wszyscy byli mokrzy, zirytowani i nieswojo

Había una pregunta que había que responder primero
Było jedno pytanie, na które trzeba było najpierw
odpowiedzieć
¿Cuál es la mejor manera de que todos se sequen?
Jaki jest najlepszy sposób, aby wszyscy mogli wysuszyć?
Tuvieron una consulta sobre este asunto
Odbyli konsultację w tej sprawie
Pronto todos se sintieron en términos familiares

Wkrótce wszyscy byli w znajomych stosunkach
Era como si los conociera de toda la vida
Wyglądało to tak, jakby znała je całe życie
El ratón parecía ser una persona de cierta autoridad
Mysz wydawała się być osobą o jakimś autorytecie
"¡Siéntense todos y escúchenme!
"Usiądźcie wszyscy i posłuchajcie mnie!
"¡Pronto los volveré a secar!"
"Niedługo sprawię, że wszyscy znów wyschniecie!"
Se sentaron todos a la vez, en un gran círculo
Wszyscy naraz usiedli w dużym kręgu
y el ratoncito se sentó en el medio
A mała myszka siedziała pośrodku
—¡Ejem! —dijo el ratón con aire importante—
"Ach!" powiedziała mysz z poważnym tonem
"¿Están todos listos?"
– Jesteście gotowi?
"Esto es lo más seco que conozco"
"To najbardziej sucha rzecz, jaką znam"
—¡Silencio por todas partes, por favor!
— Cisza dookoła, jeśli chcesz!
"Guillermo el Conquistador fue favorecido por el Papa"
"Wilhelm Zdobywca był faworyzowany przez papieża"
"pero pronto fue sometido por los ingleses"
"Wkrótce jednak został poddany przez Anglików"
"Últimamente querían líderes"
"Ostatnio chcieli przywódców"
"Y se habían acostumbrado al poder y a la conquista"
"I byli przyzwyczajeni do władzy i podbojów"
"Edwin y Morcar, los condes de Mercia y Northumbria"
"Edwin i Morcar, hrabiowie Mercji i Northumbrii"
—¡Uf! —exclamó el pájaro lori con un escalofrío—
"Ugh!" powiedział ptak lori z dreszczem
"e incluso Stigand, el patriota arzobispo de Canterbury"
"a nawet Stigand, patriotyczny arcybiskup Canterbury"
"A él también le pareció aconsejable"
"On też uznał to za wskazane"

-¿Qué le pareció aconsejable? -dijo el pato-

"Co uznał za wskazane?" zapytała kaczka

—Le pareció aconsejable —replicó el ratón con cierto enfado—

— Uznał to za wskazane – odparła mysz dość krzywo

Pero el pato no estaba satisfecho

Ale kaczka nie była zadowolona

"Por supuesto, ya sabes lo que significa"

"Oczywiście, wiesz, co oznacza 'to'"

—**Sé lo que es cuando encuentro una cosa** —dijo el pato—

— Wiem, co to jest, kiedy coś znajdę — powiedziała kaczka

"Generalmente es una rana o un gusano"

"Zazwyczaj jest to żaba lub robak"

"La pregunta es, ¿qué encontró el arzobispo?"

– Pytanie brzmi, co znalazł arcybiskup?

El ratón no se dio cuenta de esta pregunta

Mysz nie zauważyła tego pytania

En cambio, el ratón continuó apresuradamente con el discurso

Zamiast tego mysz pospiesznie kontynuowała przemówienie

"le pareció aconsejable ir con Edgar Atheling"

"uznał za wskazane, aby pojechać z Edgarem Athelingiem"

"para encontrarme con Guillermo y ofrecerle la corona"

"spotkać się z Williamem i zaoferować mu koronę"

el ratón continuó, volviéndose hacia Alicia mientras hablaba

Mysz kontynuowała, zwracając się do Alicji, gdy to mówiła

—**¿Cómo te va ahora, querida?**

– Jak się teraz masz, moja droga?

—**Tan mojado como siempre** —dijo Alicia en tono melancólico—

– Tak mokra jak zawsze – powiedziała Alicja melancholijnym tonem

"Esta historia no parece que me seque en absoluto"

"Ta historia wcale mnie nie wysusza"

—**En ese caso** —dijo solemnemente el dodo, poniéndose en pie—

— W takim razie — odparł dodo z powagą, wstając

"Voto que se levante la sesión"
"Głosuję za odroczeniem posiedzenia"
"y propongo la adopción inmediata de remedios más enérgicos"
"i proponuję natychmiastowe przyjęcie bardziej energicznych środków zaradczych"
—¡Di palabras de verdad! —dijo el aguilucho—
"Mów prawdziwe słowa!" powiedział orzeł
"No conozco el significado de la mitad de esas palabras largas"
"Nie znam znaczenia połowy tych długich słów"
—¡Y, lo que es más, tampoco creo que tú lo sepas!
— A co więcej, nie wierzę, że ty też wiesz!
—Lo que iba a decir —dijo el dodo en tono ofendido—
— To, co miałem zamiar powiedzieć — odparł dodo urażonym tonem
"Lo mejor para deshacernos sería una contienda electoral"
"Najlepszą rzeczą, która by nas wysuszyła, byłby wyścig klubowy"
—¿Qué es una contienda electoral? —preguntó Alicia
"Co to jest wyścig klubowy?" zapytała Alicja

—Bueno —dijo el dodo—, la mejor manera de explicarlo es hacerlo.

"No cóż," powiedział dodo, "najlepszym sposobem, aby to wyjaśnić, jest zrobienie tego"

"Primero el dodo trazó un hipódromo"

"Najpierw dodo wytyczył tor wyścigowy"

"La pista estaba en una especie de círculo"

"Tor był w pewnym sensie w kręgu"

"Y luego todo el grupo se colocó a lo largo del recorrido"

"A potem cała grupa została ustawiona wzdłuż trasy"

No hubo "¡Uno, dos, tres y fuera!"

Nie było "Raz, dwa, trzy i dalej!".

pero empezaron a correr cuando quisieron

Ale zaczęli uciekać, kiedy im się podobało

Y también terminaban cuando querían

A także kończyli, kiedy im się podobało

Así que no era fácil saber cuándo había terminado la carrera

Nie było więc łatwo zorientować się, kiedy wyścig dobiegł końca

Después de media hora más o menos de correr, todos estaban bastante secos

Po około pół godzinie biegu wszystkie były całkiem suche

el dodo gritó de repente: "¡La carrera ha terminado!"

Dodo nagle zawołał: "Wyścig się skończył!"

Y todos se agolparon alrededor del dodo

i wszyscy tłoczyli się wokół dodo

Todos los animales jadeaban y resoplaban

Wszystkie zwierzęta dyszały i sapały

y todos querían saber: "¿Pero quién ha ganado?"

i wszyscy chcieli wiedzieć: "Ale kto wygrał?"

El dodo no pudo responder de inmediato a esta pregunta

Na to pytanie dodo nie potrafił od razu odpowiedzieć

Primero tuvo que pensar mucho

Najpierw musiał się bardzo mocno zastanowić

Después de pensarlo mucho, el Dodo finalmente habló

Po długim namyśle, Dodo w końcu się odezwał

"Todos han ganado y todos deben tener premios"

"Każdy wygrał i każdy musi mieć nagrody"
"¿Pero quién va a dar los premios?", preguntó un coro de voces
"Ale kto ma dać nagrody?" zapytał chór głosów
—Bueno, ella, por supuesto —dijo el dodo—
— No cóż, ona, oczywiście — odparł dodo
y el dodo señaló con un dedo a Alicia
a dodo wskazał jednym palcem na Alicję
y todo el grupo de animales se agolpó a su alrededor
i cała gromada zwierząt tłoczyła się wokół niej
gritaron, de manera confusa: "¡Premios! ¡Premios!"
Wołali zmieszanym głosem: "Nagrody! Nagrody!"
Alicia no tenía ni idea de qué hacer
Alicja nie miała pojęcia, co robić
Desesperada, se metió la mano en el bolsillo
Zrozpaczona włożyła rękę do kieszeni
Y sacó una caja de dulces
i wyciągnęła pudełko słodyczy
Por suerte, el agua salada no había entrado en la caja
Na szczęście słona woda nie dostała się do pudełka
Y repartió los dulces como premios
I rozdawała słodycze jako nagrody
Había exactamente una pieza para todos
Dla każdego znalazł się dokładnie jeden element
Lo siguiente que tenían que hacer era comer los dulces
Następną rzeczą, którą musieli zrobić, było zjedzenie słodyczy
Esto causó algo de ruido y confusión
Spowodowało to pewien hałas i zamieszanie
Los grandes pájaros se quejaban de que no podían saborear sus dulces
Duże ptaki skarżyły się, że nie mogą skosztować swoich słodyczy
Los pequeños se ahogaron y hubo que darles palmaditas en la espalda
Małe się dusiły i trzeba było je poklepywać po plecach
Sin embargo, al fin se acabó
Jednak w końcu to się skończyło

y se sentaron de nuevo en un anillo
I znowu usiedli w kręgu
Y le rogaron al ratón que les dijera algo más
I błagali mysz, aby powiedziała im coś więcej
—Prometiste contarme tu historia, ¿sabes? —dijo Alicia—
– Obiecałaś, że opowiesz mi swoją historię – powiedziała
Alicja
**E hizo otro pequeño comentario sobre los gatos en un
susurro**
I szeptem rzuciła kolejną małą uwagę na temat kotów
No quería volver a ofender al ratón
Nie chciała znowu urazić myszy
el ratoncito se volvió hacia Alicia y suspiró
mała myszka odwróciła się do Alicji i westchnęła
—¡La mía es una larga y triste historia!
"Moja opowieść jest długa i smutna!"
—Es una cola larga, sin duda —dijo Alicia—
— To z pewnością długi ogon — powiedziała Alicja
Y miró con asombro la cola del ratón
i spojrzała ze zdumieniem na ogon myszy
—¿Pero por qué le llamas cola triste?
– Ale dlaczego nazywasz to smutnym ogonem?
**Y ella seguía desconcertada al respecto mientras el ratón
hablaba**
I zastanawiała się nad tym, podczas gdy mysz mówiła
de modo que su idea del cuento era más o menos así
Tak więc jej wyobrażenie o tej opowieści wyglądało mniej
więcej tak

"Fury said to
a mouse, That
he met in the
house, 'Let
us both go
to law: *I*
will prosecute
you.—
Come, I'll
take no denial:
We must have
the trial;
For really
this morning
I've
nothing
to do.'
Said the
mouse to
the cur,
'Such a
trial, dear
sir, With
no jury
or judge,
would
be wasting
our
breath.'
'I'll be
judge,
I'll be
jury,'
said
cunning
old
Fury;
'I'll
try
the
whole
cause,
and
condemn
you to
death.'"

Furia le dijo a un ratón: "Que se encontró en la casa"
Furia powiedziała do myszy, Że spotkał się w domu"
Vayamos los dos a la ley: yo te procesaré
Chodźmy obaj do sądu: ja cię oskarżę
Vamos, no aceptaré ninguna negación: debemos tener el juicio
Chodź, nie zaprzeczę: musimy mieć proces
Porque realmente esta mañana no tengo nada que hacer
Bo naprawdę dziś rano nie mam nic do roboty
Dijo el ratón al cur;
Powiedziała mysz do kury;

Un juicio así, querido señor, sin jurado ni juez, sería una pérdida de aliento
Taki proces, drogi panie, bez ławy przysięgłych i sędziego, byłby marnowaniem naszego oddechu
—Seré juez, seré jurado —dijo el astuto viejo Fury—
— Będę sędzią, będę ławą przysięgłych — rzekł stary chytry Fury
Juzgaré toda la causa y te condenaré a muerte
Osądzę całą sprawę i skażę cię na śmierć
el ratón le habló severamente a Alicia
mysz przemówiła surowo do Alicji
"¡No estás prestando atención!"
"Nie zwracasz na to uwagi!"
—¿En qué estás pensando?
– O czym myślisz?
—Le ruego que me perdone —dijo Alicia muy humildemente—
— Przepraszam — rzekła Alicja bardzo pokornie
– ¿Habías llegado a la quinta curva, creo?
— Chyba dotarłeś do piątego zakrętu?
"¡Me insultas diciendo tales tonterías!"
"Obrażasz mnie, opowiadając takie bzdury!"
Y el ratón se levantó y se alejó
A mysz wstała i odeszła
Alicia llamó al ratoncito
Alicja zawołała za małą myszką
"¡Por favor, regresa y termina tu historia!"
"Proszę, wróć i dokończ swoją historię!"
Y todos los demás se unieron a coro
A pozostali przyłączyli się chórem
"¡Sí, por favor, termine su historia!"
"Tak, proszę, dokończ swoją historię!"
Pero el ratón se limitó a negar con la cabeza con impaciencia
Ale mysz tylko niecierpliwie potrząsnęła głową
Y el ratoncito caminó un poco más rápido
A mała myszka chodziła trochę szybciej
—¡Ojalá tuviera aquí a Dinah, nuestra gata! —dijo Alicia—

"Chciałabym mieć tu Dinah, naszą kotkę!" powiedziała Alice

Esto causó una notable sensación entre el grupo

Wywołało to niezwykłą sensację wśród partii

Algunos de los pájaros se apresuraron a huir de inmediato

Niektóre ptaki natychmiast odleciały

y un canario gritó con voz temblorosa a sus hijos;

A kanarek zawołał drżącym głosem do swoich dzieci;

—¡Váyanse, queridos míos!

— Odejdźcie, moi drodzy!

"¡Ya es hora de que estén todos en la cama!"

"Najwyższy czas, żebyście wszyscy położyli się do łóżka!"

Con varias excusas se fueron todos

Pod różnymi wymówkami wszyscy odeszli

y Alicia no tardó en quedarse sola

i Alicja wkrótce została sama

—¡Ojalá no hubiera mencionado a Dinah!

– Żałuję, że nie wspomniałam o Dinie!

"Parece que a nadie le gusta aquí abajo"

"Wygląda na to, że nikt jej tu na dole nie lubi"

—¡Pero estoy seguro de que es la mejor gata del mundo!

"ale jestem pewien, że to najlepszy kot na świecie!"

La pobre Alicia se echó a llorar de nuevo

Biedna Alicja znowu zaczęła płakać

porque se sentía muy sola y desanimada

ponieważ czuła się bardzo samotna i przygnębiona

Al cabo de un rato, sin embargo, volvió a oír algo

Po chwili jednak znów coś usłyszała

un pequeño golpeteo de pasos a lo lejos

cichy tupot kroków w oddali

Y ella miró hacia arriba ansiosamente

i spojrzała w górę z niecierpliwością

El conejo manda al pequeño Sr. Bill
Królik przysyła małego pana Billa

Era el conejo blanco, que volvía trotando lentamente
Był to biały królik, który powoli kłusował z powrotem
Miraba a su alrededor ansiosamente mientras se alejaba
Rozglądał się niespokojnie dookoła
Parecía como si hubiera perdido algo
Wyglądał tak, jakby coś zgubił
Alicia le oyó murmurar para sí misma
Alicja usłyszała, jak mamrocze do siebie coś pod nosem
—¡La duquesa! ¡La duquesa! ¡Oh, mis queridas patas!
— Księżna! Księżna! Och, moje drogie łapy!"
—¡Oh, mi pelo y mis bigotes!
"Och, moje futro i wąsy!"
"Ella hará que me ejecuten, estoy seguro de eso"
"Ona mnie zabije, jestem tego pewien"
—¡Tan cierto como que los hurones son hurones!
"Tak samo pewne jak fretki są fretkami!"
"¿Dónde puedo haber dejado mis cosas, me pregunto?"
"Zastanawiam się, gdzie mogłem zostawić swoje rzeczy?"
Alicia adivinó en un momento lo que estaba buscando

Alicja w jednej chwili domyśliła się, czego szuka

Buscaba el abanico de plumas

Szukał wachlarza z piór

Y buscaba el par de guantes blancos

i szukał pary białych rękawiczek

Así que ella, muy bondadosamente, comenzó a buscar los guantes

Więc bardzo dobrodusznie zaczęła szukać rękawiczek

Y también buscó el abanico de plumas

I ona też szukała wachlarza z piór

Pero los guantes y el abanico de plumas no se veían por ninguna parte

Ale rękawic i wachlarza z piór nigdzie nie było widać

Todo parecía haber cambiado desde que se bañó en la piscina

Wydawało się, że wszystko się zmieniło od czasu, gdy pływała w basenie

Nada era igual desde que estaba en el Gran Salón

Nic już nie było takie samo od czasu, gdy znalazła się w Wielkiej Sali

y la mesa de cristal había desaparecido

i szklany stół zniknął

Y la puertecita tampoco estaba allí

Nie było też tych małych drzwiczek

Muy pronto el conejo se fijó en Alicia

Wkrótce królik zauważył Alicję

—la llamó en tono airado

— zawołał do niej gniewnym tonem

—Mary Ann, ¿qué haces aquí?

– Mary Ann, co ty tu robisz?

"Corre a casa en este momento"

"Biegnij w tej chwili do domu"

—¡Y tráeme un par de guantes y un abanico de plumas!

"I przynieś mi parę rękawiczek i wachlarz z piór!"

—¡Y date prisa!

"I pospiesz się!"

Alicia se habló a sí misma mientras salía corriendo

Alicja mówiła do siebie, uciekając
—¡Debe de haberme confundido con su criada!
— Musiał mnie pomylić ze swoją pokojówką!
"¡Qué sorpresa se quedará cuando se entere de quién soy!"
"Jakże będzie zaskoczony, gdy dowie się, kim jestem!"
Al decir esto, se encontró con una casita pulcra
Mówiąc to, natknęła się na schludny domek
En la puerta de la casa había una placa de bronce brillante
Na drzwiach domu wisiała jasna mosiężna tabliczka
"W. CONEJO"
"W. KRÓLIK"
Entró sin llamar a la puerta
Weszła do środka, nie pukając do drzwi
Y se apresuró a subir las escaleras
I pośpieszyła prosto na górę
le preocupaba conocer a la verdadera Mary Ann
martwiła się, że może spotkać prawdziwą Mary Ann
porque entonces la echarían de la casa
bo wtedy zostałaby wyrzucona z domu
Y no sería capaz de encontrar el abanico de plumas y los guantes
i nie byłaby w stanie znaleźć wachlarza z piór i rękawiczek
Alicia había encontrado el camino hacia una pequeña habitación ordenada
Alicja znalazła drogę do schludnego pokoiku
En la habitación había una mesa junto a la ventana
W pokoju stał stolik przy oknie
y sobre la mesa había un abanico de plumas
a na stole leżał wachlarz z piór
Y había dos o tres pares de diminutos guantes blancos
Były tam też dwie lub trzy pary maleńkich białych rękawiczek
Cogió el abanico de plumas y un par de guantes
Podniosła wachlarz z piór i parę rękawiczek
Y estaba a punto de salir de la habitación
i już miała wyjść z pokoju
Pero entonces sus ojos se posaron en una botellita
Ale potem jej wzrok padł na małą butelkę

Descorchó la botella y se la llevó a los labios
Odkorkowała butelkę i przyłożyła ją do ust
"Espero que me haga crecer de nuevo"
"Mam nadzieję, że to sprawi, że znów urosnę"
"¡Estoy cansada de ser una cosita tan pequeña!"
"Jestem zmęczona byciem taką maleństką!"
Alicia apenas se había bebido la mitad de la botella
Alicja wypiła ledwie połowę butelki
Su cabeza ya estaba presionada contra el techo
Jej głowa już przyciskała się do sufitu
Y tuvo que agacharse
i musiała się schylić
para salvar su cuello de ser roto
by uratować jej kark przed złamaniem
Dejó apresuradamente la botella
Pospiesznie odstawiła butelkę
"Con eso basta"
"To w zupełności wystarczy"
"Espero no crecer más"
"Mam nadzieję, że już nie dorosnę"
¡Ay! ¡Era demasiado tarde para desearlo!
Niestety! Było już za późno, by tego chcieć!
Ella siguió creciendo y creciendo
Rosła i rosła
y muy pronto tuvo que arrodillarse en el suelo
i bardzo szybko musiała uklęknąć na podłodze
Y aun así siguió creciendo
I nawet wtedy rosła
Como último recurso, sacó un brazo por la ventana
Jako ostatnią deskę ratunku wystawiła jedną rękę przez okno
Y metió un pie por la chimenea
i postawiła jedną nogę w kominie
"Ahora no puedo hacer más, pase lo que pase"
"Teraz nie mogę już nic zrobić, cokolwiek się stanie"
—¿Qué será de mí?
"Co się ze mną stanie?"

Alicia tuvo un poco de suerte
Alicja miała trochę szczęścia
La pequeña botella mágica había tenido todo su efecto
Mała magiczna buteleczka odniosła pełny skutek
y Alicia no creció más de lo que era
a Alicja nie urosła ani na tyle, by nie urosła
Al cabo de unos minutos oyó una voz en el exterior
Po kilku minutach usłyszała głos na zewnątrz
Y se detuvo a escuchar la voz
i zatrzymała się, by wsłuchać się w głos
—¡María Ana! ¡Mary Ann! -dijo la voz-
"Marysia Ann! Mary Ann!" – odezwał się głos
"¡Tráeme mis guantes en este momento!"
"Przynieś mi w tej chwili moje rękawiczki!"
Luego se oyó un pequeño golpeteo de pies en la escalera
Potem rozległ się cichy tupot stóp na schodach
Alicia supo que era el conejo que venía a buscarla
Alice wiedziała, że to królik przyszedł jej szukać
Y tembló hasta hacer temblar la casa
i drżała, aż zatrzęsła się w domu

Se olvidó por completo de sus proporciones
Zupełnie zapomniała, jakie są jej proporcje
Era mil veces más grande que el conejo
Była tysiąc razy większa od królika
Y no tenía por qué temer a un conejo
I nie miała powodu, by bać się królika
De pronto, el conejo se acercó a la puerta
Niebawem królik podszedł do drzwi
Y el conejito trató de abrir la puerta
A mały królik próbował otworzyć drzwi
La puerta comenzó a abrirse hacia adentro
Drzwi zaczęły otwierać się do środka
pero el codo de Alicia estaba apretado con fuerza contra la puerta
ale łokieć Alicji był mocno przyciśnięty do drzwi
Ese intento resultó un fracaso
Próba ta zakończyła się fiaskiem
Alicia oyó que el conejo se hablaba a sí mismo
Alicja usłyszała, jak królik mówi do siebie
"Entonces daré la vuelta y entraré por la ventana"
"Potem obejdę i wejdę przez okno"
«¡Que no lo harás!», pensó Alicia
"Że tego nie zrobisz!" pomyślała Alicja
Y volvió a esperar un poco
I znowu trochę poczekała
Pronto oyó al conejo justo debajo de la ventana
Wkrótce usłyszała królika tuż pod oknem
De repente extendió la mano
Nagle rozłożyła rękę
Y ella hizo un arrebato en el aire
i złapała się w powietrze
No se apoderó de nada
Nic nie dostała w swoje ręce
Pero oyó un pequeño alarido y una caída
Usłyszała jednak cichy wrzask i upadek
Y oyó el estrépito de cristales rotos
i usłyszała trzask tłuczonego szkła

Tal vez el conejo se había caído
Być może królik upadł
Tal vez estaba en un invernadero
Może był w szklarni
Luego se oyó una voz airada; La voz del conejo
Potem rozległ się gniewny głos; Głos królika
"Pat, ¿dónde estás?"
– Pat, gdzie jesteś?
Y entonces llegó una voz que nunca antes había oído
A potem rozległ się głos, którego nigdy wcześniej nie słyszała
"¡Su señoría, estoy aquí!"
"Wysoki sądzie, jestem tutaj!"
"Estoy cavando en busca de manzanas"
"Szukam jabłek"
"¡Aquí! ¡Ven y ayúdame a salir de esto!"
— Tutaj! Przyjdź i pomóż mi się z tego wydostać!"
—Ahora dime, Pat, ¿qué es eso que hay en la ventana?
– A teraz powiedz mi, Pat, co to jest w oknie?
"Claro, su señoría, se lo diré"
— Pewnie, wysoki sądzie, powiem ci)
"¡Es un brazo que está en la ventana!"
"To ręka, która jest w oknie!"
"Bueno, un brazo no tiene nada que hacer allí"
"Cóż, ręka nie ma tu żadnego interesu"
"¡Ve y quítate el brazo!"
"Idź i zabierz rękę!"
Hubo un largo silencio después de esto
Po tych słowach zapadła długa cisza
y Alicia sólo podía oír susurros de vez en cuando
a Alicja słyszała tylko szepty od czasu do czasu
Y, por fin, volvió a extender la mano
i w końcu znów rozłożyła rękę
Y ella hizo otro arrebato en el aire
i zrobiła kolejny chwyt w powietrzu
Esta vez hubo dos pequeños chillidos
Tym razem rozległy się dwa ciche wrzaski
y se escucharon más sonidos de vidrios rotos

i było więcej odgłosów tłuczonego szkła

«¡Me pregunto qué harán ahora!», pensó Alicia

"Ciekawe, co zrobią dalej!" pomyślała Alicja

"Ojalá me sacaran por la ventana"

"Chciałbym, żeby wyciągnęli mnie przez okno"

Esperó un buen rato

Czekała jakiś czas

Pero durante un rato no oyó nada más

Przez chwilę jednak nie słyszała nic więcej

Por fin se oyó el estruendo de unas ruedas

W końcu rozległ się turkot małych kółek

Y se oyó el sonido de muchas voces

i rozległ się dźwięk wielu głosów

Todas las voces hablaban al unísono

Wszystkie głosy mówiły ze sobą

Pudo distinguir algunas de las palabras

Była w stanie rozpoznać niektóre słowa

—¿Dónde está la otra escalera?

– Gdzie jest druga drabina?

"Bill tiene la otra escalera"

"Bill ma drugą drabinę"

"¡Bill, ven aquí!"

"Bill, chodź tu!"

—¿Soportará el techo la carga?

"Czy dach wytrzyma ten ciężar?"

—¿Quién quiere bajar por la chimenea?

"Kto chce zejść kominem?"

—¡No, no lo haré! ¡Tú lo haces!"

— Nie, nie zrobię tego! Ty to zrób!"

—¡Aquí, Bill!

— Tutaj, Bill!

"¡El maestro dice que tienes que bajar por la chimenea!"

"Mistrz mówi, że musisz zejść przez komin!"

Alicia arrastró el pie por la chimenea todo lo que pudo

Alicja cofnęła nogę tak głęboko w komin, jak tylko mogła

Y luego esperó a ver lo que venía

A potem czekała, aby zobaczyć, co ma nadejść

Escuchó a un animalito arañar y revolver

Usłyszała, jak małe zwierzątko drapie się i szamocze

El animalito debe estar en la chimenea

małe zwierzę musi być w kominie

Luego dio una fuerte patada

Potem wymierzyła jednego ostrego kopniaka

Y esperó a ver qué pasaría después

I czekała, co będzie dalej

Oyó un coro general de voces

Usłyszała ogólny chór głosów

"¡Ahí va Bill!", dijeron todos

"Idzie Bill!" – powiedzieli wszyscy

Entonces oyó solo la voz del conejo

Potem usłyszała sam głos królika

"¡Tú por el seto, atrápalo!"

— Ty przy żywopłocie, złap go!

Hubo otro momento de silencio

Nastąpiła kolejna chwila ciszy

Y entonces hubo otra confusión de voces

A potem znowu zapanowało pomieszanie głosów

"Levanta la cabeza, Brandy"

"Podnieś mu głowę, Brandy"

"Ten cuidado de no asfixiarlo"

"Uważaj, żeby go nie udusić"

—¿Qué te pasó?

– Co się z tobą stało?

Por último, llegó una vocecita débil y chillona

Na koniec rozległ się trochę słaby, piskliwy głos

"Bueno, ya casi no sé"

"Cóż, prawie nic więcej nie wiem"

"Gracias a todos, ahora estoy mejor"

"Dziękuję wam wszystkim, teraz czuję się lepiej"

"Hay una cosa que puedo recordar"

"Jest jedna rzecz, którą pamiętam"

"Algo viene hacia mí como un tren en un túnel"

"Coś zbliża się do mnie jak pociąg w tunelu"

"¡Y vuelo hacia arriba como un cohete!"

"a ja lecę w górę jak rakieta!"
Hubo uno o dos minutos de silencio
Nastąpiła minuta lub dwie ciszy
Y entonces empezaron a moverse de nuevo
A potem znowu zaczęli się poruszać
y Alicia oyó hablar de nuevo al Conejo
i Alicja znów usłyszała, jak Królik przemawia
"Un túmulo servirá, para empezar"
"Na początek wystarczy taczka"
«¿Un túmulo lleno de qué?», pensó Alicia
"Taczka czego?" pomyślała Alicja
Pero no la mantuvieron en suspenso por mucho tiempo
Nie trzymała się jednak długo w napięciu
Una lluvia de guijarros entró por la ventana
Przez okno wpadł deszcz małych kamyczków
Y algunas de las piedrecitas le golpearon en la cara
a niektóre z tych kamyków uderzyły ją w twarz
Alicia se sorprendió por los guijarros
Alicja była zaskoczona małymi kamyczkami
Todos los guijarros se estaban convirtiendo en pasteles
Wszystkie małe kamyczki zamieniały się w ciastka
Y una idea brillante se le ocurrió
i w jej głowie pojawił się genialny pomysł
"Debería comerme uno de estos pasteles"
"Powinienem zjeść jedno z tych ciastek"
"El pastel seguramente hará algún cambio en mi tamaño"
"Ciasto na pewno zmieni mój rozmiar"
Así que se tragó uno de los pasteles
Połknęła więc jedno z ciastek
Y se alegró al descubrir que empezaba a encogerse
I była zachwycona, gdy odkryła, że zaczęła się kurczyć
**Pronto fue lo suficientemente pequeña como para pasar por
la puerta**
Wkrótce była na tyle mała, że mogła przejść przez drzwi
Salió corriendo de la casa
Wybiegła z domu
Una multitud de animalitos y pájaros esperaban afuera

Na zewnątrz czekał tłum małych zwierzątek i ptaków
todos los pajaritos y animales se abalanzaron sobre Alicia
wszystkie małe ptaszki i zwierzęta rzuciły się na Alicję
Pero ella huyó lo más rápido que pudo
Uciekła jednak tak szybko, jak tylko mogła
Y pronto se encontró a salvo en un espeso bosque
Wkrótce znalazła się bezpieczna w gęstym lesie
Alicia vagaba por el bosque
Alicja błąkała się po lesie
Y pensó para sí misma:
I pomyślała sobie:
"Sé lo que tengo que hacer primero"
"Wiem, co muszę zrobić najpierw"
"Primero tengo que volver a crecer hasta el tamaño adecuado"
"najpierw muszę znowu urosnąć do odpowiedniego rozmiaru"
"Y luego tengo que encontrar mi camino hacia ese hermoso jardín"
"a potem muszę znaleźć drogę do tego pięknego ogrodu"
"Supongo que debería comer o beber una cosa u otra"
"Przypuszczam, że powinienem coś zjeść lub wypić"
"Pero la pregunta es ¿qué debo comer o beber?"
"Ale pytanie brzmi, co powinienem jeść lub pić?"
Alicia miró a su alrededor las flores
Alicja rozejrzała się dookoła po kwiatach
Y miró a través de las briznas de hierba
i spojrzała przez źdźbła trawy
pero no podía ver nada de comer ni de beber
Nie widziała jednak nic do jedzenia ani picia
Nada parecía ser lo adecuado para comer o beber
Nic nie wyglądało na właściwą rzecz do jedzenia lub picia
Había un gran hongo creciendo cerca de ella
W pobliżu rósł duży grzyb
el hongo tenía aproximadamente la misma altura que Alicia
grzyb był mniej więcej tej samej wysokości co Alicja
Se estiró de puntillas

Wyciągnęła się na palcach
Y se asomó por el borde del hongo
i wyjrzała przez krawędź grzyba
Sus ojos se encontraron inmediatamente con los ojos de una gran oruga azul
Jej oczy natychmiast spotkały się z oczami dużej niebieskiej gąsienicy
La oruga estaba sentada en la parte superior del hongo
Gąsienica siedziała na szczycie grzyba
y la oruga se había cruzado de brazos
a gąsienica skrzyżowała mu wszystkie ramiona
Y estaba fumando tranquilamente una larga cachimba
i cicho palił długą fajkę wodną
y no hizo la menor atención a nada
i nie zwracał najmniejszej uwagi na nic
y ciertamente no le prestó atención a Alicia
i z pewnością nie zwracał uwagi na Alicję

Consejos de una oruga
Porada gąsienicy

Por fin, la oruga se quitó la pipa de la boca
W końcu gąsienica wyjęła fajkę wodną z pyska
y se dirigió a Alicia con voz lánguida y soñolienta
i zwrócił się do Alicji ospałym, sennym głosem
—¿Quién eres? —preguntó la oruga
"Kim jesteś?" zapytała gąsienica

Alicia respondió, con cierta timidez: "No lo sé, señor"
Alicja odparła dość nieśmiało: "Nie wiem, proszę pana"
"Justo en este momento está todo un poco..."
"Właśnie w tej chwili to wszystko jest trochę..."
"Sé quién era cuando me levanté esta mañana"
"Wiem, kim byłem, kiedy wstałem dziś rano""
**"pero creo que debo haber cambiado varias veces desde
entonces"**
"ale myślę, że od tamtego czasu musiałem się zmienić kilka
razy"
—¿Qué quieres decir con eso? —dijo la oruga—
"Co przez to rozumiesz?" zapytała gąsienica

Con severidad, la oruga le pidió que se explicara

Gąsienica surowo poprosiła ją o wyjaśnienie

—Me temo que no puedo explicarme, señor —dijo Alicia—

— Obawiam się, że nie mogę się wytłumaczyć, sir — powiedziała Alicja

"porque no soy yo mismo"

"bo nie jestem sobą"

"Verás, tener tantos tamaños diferentes en un día es muy confuso"

"Widzisz, bycie tak wieloma różnymi rozmiarami w ciągu dnia jest bardzo mylące"

Se incorporó y dijo muy gravemente:

Podniosła się i powiedziała bardzo poważnie:

"Creo que primero deberías decirme quién eres"

"Myślę, że najpierw powinnaś mi powiedzieć, kim jesteś"

"¿Por qué?", dijo la oruga

"Dlaczego?" zapytała gąsienica

Alicia no se le ocurría ninguna buena razón

Alicja nie potrafiła wymyślić żadnego dobrego powodu

Y la oruga parecía estar en un estado de ánimo muy desagradable

A gąsienica wydawała się być w bardzo nieprzyjemnym stanie umysłu

Así que se dio la vuelta

więc odwróciła się

"¡Vuelve!", la oruga la llamó

"Wracaj!" zawołała za nią gąsienica

"¡Tengo algo importante que decir!"

"Mam coś ważnego do powiedzenia!"

Alicia se dio la vuelta y volvió otra vez

Alicja odwróciła się i wróciła

—Mantén la calma —dijo la oruga—

– Zachowaj zimną krew – powiedziała gąsienica

-¿Eso es todo? -preguntó Alicia

"Czy to wszystko?" powiedziała Alicja

Y se tragó su rabia lo mejor que pudo

I przełknęła swój gniew tak dobrze, jak tylko mogła

—No —dijo la oruga—
— Nie — odparła gąsienica
La oruga desplegó sus brazos
Gąsienica rozłożyła ramiona
Y volvió a sacarse la pipa de la boca
I znowu wyjął fajkę wodną z ust
y él dijo: "Así que Ud. piensa que Ud. ha cambiado, ¿verdad?"
A on na to: "Więc myślisz, że się zmieniłeś, prawda?"
—Me temo, he cambiado, señor —dijo Alicia—
— Obawiam się, że się zmieniłam, proszę pana — powiedziała Alicja
"No puedo recordar las cosas como solía recordarlas"
"Nie pamiętam rzeczy tak, jak je kiedyś pamiętam"
"¡Y no me quedo del mismo tamaño por más de diez minutos!"
"i nie pozostaję tego samego rozmiaru dłużej niż dziesięć minut!"
"¿Qué tamaño quieres tener?", preguntó la oruga
"Jakiego rozmiaru chcesz być?" zapytała gąsienica
—Oh, no me importa especialmente el tamaño que tenga — respondió Alicia apresuradamente—
— Och, nie obchodzi mnie, jakiego jestem rozmiaru – odparła pospiesznie Alicja
"Simplemente no me gusta cambiar de tamaño tan a menudo, ya sabes"
"Po prostu nie lubię tak często zmieniać rozmiaru, wiesz"
"Me gustaría ser un poco más grande, señor"
"Chciałbym być trochę większy, proszę pana"
—Si no te importa —añadió Alicia—
— Jeśli nie miałabyś nic przeciwko — dodała Alicja
"Diez centímetros es una altura tan miserable para ser"
"Dziesięć centymetrów to taki żałosny wzrost"
-¡Es una altura muy buena! -exclamó la oruga con rabia-
"To naprawdę bardzo dobra wysokość!" powiedziała gąsienica ze złością
Y se irguió mientras hablaba

Mówiąc to, wyprostował się
Medía exactamente diez centímetros de alto
Miał dokładnie dziesięć centymetrów wzrostu
En uno o dos minutos, la oruga bajó del hongo
W ciągu minuty lub dwóch gąsienica zeszła z grzyba
Y se arrastró por la hierba
I wczołgał się w trawę
Al alejarse, hizo algunas pequeñas observaciones
Odchodząc, poczynił kilka drobnych uwag
"Un lado te hará crecer más alto"
"Jedna strona sprawi, że urośniesz"
"Y el otro lado te hará acortar"
"A druga strona sprawi, że staniesz się niższy"
«¿Un lado de qué?», pensó Alicia para sí misma
"Jedna strona czego?" pomyślała Alicja
—¿El otro lado de qué?
— Druga strona czego?
—El costado del hongo —dijo la oruga—
— Bok grzyba — powiedziała gąsienica
Era como si hubiera hecho su pregunta en voz alta
Wyglądało to tak, jakby zadała pytanie na głos
Y en otro momento, se perdió de vista
A po chwili zniknął z pola widzenia
Alicia se quedó mirando pensativa el hongo
Alicja pozostała i w zamyśleniu wpatrywała się w grzyba
Estaba tratando de distinguir cuáles eran los dos lados del hongo
Próbowała rozróżnić, które są dwie strony grzyba
Por fin, estiró los brazos alrededor de la seta
W końcu rozciągnęła ramiona wokół grzyba
Y rompió un poco los bordes
i odłamała kawałek krawędzi
"Y ahora, ¿qué lado es cuál?", se dijo a sí misma
"A teraz, która strona jest która?" powiedziała do siebie
Y mordisqueó un poco de la parte de la mano derecha
i skubnęła trochę prawego wędzidła
Al momento siguiente sintió un violento golpe debajo de la

barbilla
W następnej chwili poczuła gwałtowne uderzenie pod brodą
¡Su barbilla había golpeado su pie!
Podbródek uderzył ją w stopę!
Estaba bastante asustada por este cambio tan repentino
Była bardzo przerażona tą nagłą zmianą
Se estaba encogiendo muy rápidamente
Kurczyła się bardzo szybko
Así que rápidamente se comió un poco del otro trozo de champiñón
Więc szybko zjadła trochę drugiego kawałka grzyba
Su barbilla estaba muy presionada contra su pie
Jej podbródek był bardzo mocno przyciśnięty do stopy
Apenas había espacio para abrir la boca
Ledwo było miejsce, by otworzyć usta
Pero al fin logró abrir la boca
W końcu jednak udało jej się otworzyć usta
Y tragó un bocado del pedazo de la mano izquierda
i połknęła kęs kawałka lewej ręki
-¡Por fin me han liberado la cabeza! -exclamó Alicia-
"Nareszcie uwolniła mi się głowa!" powiedziała Alicja
Se miró a sí misma
Spojrzała na siebie z góry
Pero todo lo que podía ver era una inmensa longitud de cuello
Ale wszystko, co widziała, to ogromna długość szyi
Su cuello parecía elevarse como un tallo
Jej szyja zdawała się unosić jak łodyga
Y miró hacia abajo sobre un mar de hojas verdes
i spojrzała w dół na morze zielonych liści
—¿A dónde han llegado mis hombros?
"Gdzie się podziały moje ramiona?"
"Y oh, mis pobres manos, ¿cómo es que no puedo verte?"
— A ja, moje biedne ręce, jak to jest, że cię nie widzę?
Pero su cuello tenía un beneficio
Ale jej szyja miała jedną zaletę
Podía mover la cabeza en cualquier dirección

Mogła poruszać głową w dowolnym kierunku
De hecho, era como una serpiente
W rzeczywistości była jak wąż
Ella zigzagueó con gracia con la cabeza hacia abajo
Z wdziękiem pochyliła głowę w dół
Y movió la cabeza entre los árboles
i przesunęła głowę między drzewami
Pero entonces oyó un silbido agudo
Ale wtedy usłyszała ostry syk
Y rápidamente echó la cabeza hacia atrás
i szybko odchyliła głowę do tyłu
Una gran paloma había volado hacia su cara
Duży gołąb wleciał jej w twarz
y la paloma se agitó violentamente con sus alas
a gołąb gwałtownie uderzył skrzydłami

-¡Serpiente! -exclamó la paloma-
"Wąż!" zawołał gołąb
-¡No soy una serpiente! -exclamó Alicia indignada-
"Nie jestem wężem!" powiedziała Alicja z oburzeniem
"¡Déjame en paz!"
"Zostaw mnie w spokoju!"
"He probado las raíces de los árboles"
"Próbowałem korzeni drzew"
—Y he probado setos —prosiguió la paloma—
— A ja próbowałem żywopłotów — ciągnął gołąb
—¡Pero esas serpientes! ¡No hay forma de complacerlos!"
— Ale te węże! Nie da się ich zadowolić!"
Alicia estaba cada vez más desconcertada
Alicja była coraz bardziej zdziwiona
-Como si ya fuera bastante trabajo incubar los huevos -dijo
la paloma-
— Jakby to nie było wystarczająco dużo kłopotów z
wykluwaniem się jaj – powiedział gołąb
—¡De noche y de día también tengo que estar atento a las
serpientes!
"Dniem i nocą muszę też wypatrywać węży!"
"Acababa de encontrar el árbol más alto del bosque"
"Właśnie znalazłem najwyższe drzewo w lesie"
—¿Estaría libre de serpientes aquí?
— Na pewno byłbym tu wolny od węży?
"¡Y sale una serpiente del cielo!"
"I wychodzi wąż z nieba!"
-¡Pero yo no soy una serpiente, te lo aseguro! -dijo Alicia-
"Ale ja nie jestem wężem, mówię ci!" powiedziała Alicja
"Soy un... Soy un... Soy una niña —añadió con cierta duda—
"Jestem... Jestem... Jestem małą dziewczynką – dodała z
pewnym powątpiewaniem
Después de todo, había estado pasando por muchos cambios
W końcu przechodziła wiele zmian
—Estás buscando huevos —dijo la paloma—
— Szukasz jaj – powiedział gołąb
"Lo sé con certeza"

"Wiem to na pewno"

—¿Y qué importa si eres una niña o una serpiente?

"I jakie to ma znaczenie, czy jesteś małą dziewczynką, czy wężem?"

—A mí me importa mucho —dijo Alicia apresuradamente—

— To dla mnie bardzo ważne — powiedziała pośpiesznie Alicja

"pero no estoy buscando huevos, como suele ser"

"ale ja nie szukam jajek, jak to bywa"

"Y de todos modos no querría tus huevos"

"A ja i tak nie chciałabym twoich jajek"

"No me gustan los huevos crudos"

"Nie lubię moich jajek na surowo"

-¡Pues váyase! -dijo la paloma en tono malhumorado-

"No to ruszaj!" powiedział gołąb nadąsanym tonem

Y la paloma se instaló de nuevo en su nido

I gołąb ponownie usadowił się w swoim gnieździe

Alicia se agachó entre los árboles lo mejor que pudo

Alicja przykucnęła między drzewami, jak tylko mogła

Su cuello no dejaba de enredarse entre las ramas

Jej szyja wciąż zaplątywała się w gałęzie

De vez en cuando tenía que detenerse y desenroscar el cuello

Co jakiś czas musiała się zatrzymywać i odkręcać szyję

Al cabo de un rato se acordó de la seta

Po chwili przypomniała sobie o grzybie

Todavía sostenía los trozos de hongo en sus manos

Wciąż trzymała w rękach kawałki grzyba

Y se puso a trabajar con mucho cuidado

I zabrała się do pracy bardzo ostrożnie

Primero mordisqueó una pieza

Najpierw skubnęła jeden kawałek

Y luego mordisqueó la otra pieza

a potem skubnęła drugi kawałek

A veces crecía

Czasem stawała się wyższa

y a veces se acortaba

a czasem stawała się niższa

pero finalmente alcanzó su altura habitual
Ale w końcu osiągnęła swój zwykły wzrost
Hacía tiempo que no era de su estatura
Od jakiegoś czasu nie była swojego wzrostu
Así que todo se sintió extraño por un tiempo
Więc przez chwilę wszystko wydawało się dziwne
"Lo siguiente que hay que hacer es entrar en ese hermoso jardín"
"Następną rzeczą do zrobienia jest wejście do tego pięknego ogrodu"
—¿Cómo se va a hacer eso, me pregunto?
— Zastanawiam się, jak to zrobić?
Al decir esto, llegó a un lugar abierto
Mówiąc to, natknęła się na otwarte miejsce
Había una casita, un poco más de un metro de altura
Stał tam mały domek, nieco wyższy niż metr
"Me pregunto quién vive en esta casita"
"Zastanawiam się, kto mieszka w tym małym domku"
"Ciertamente no puedo entrar tan grande como soy"
"Na pewno nie mogę wejść tak duży jak jestem"
—¡Los asustaría terriblemente!
"Strasznie bym ich przestraszył!"
Así que volvió a mordisquear el pequeño champiñón
Więc znowu skubnęła małego grzybka
Y pronto bajó treinta centímetros
i wkrótce sprowadziła się na trzydzieści centymetrów w dół

Un cerdo y un poco de pimienta

Świnia i trochę pieprzu

Durante uno o dos minutos se quedó mirando la casa

Przez minutę czy dwie stała i patrzyła na dom

De repente, un lacayo salió corriendo del bosque

Nagle z lasu wybiegł lokaj

Vestía un uniforme especial

Miał na sobie mundur w specjalnej liberii

A juzgar solo por su rostro, ella lo habría llamado pez

Sądząc tylko po jego twarzy, nazwałaby go rybą

Y golpeó fuertemente la puerta con los nudillos

i głośno zastukał knykciami do drzwi

La puerta fue abierta por otro lacayo

Drzwi otworzył inny lokaj

Este lacayo también llevaba una librea especial

Ten lokaj również miał na sobie specjalną liberię

Este lacayo tenía una cara redonda y ojos grandes como los de una rana

Ten lokaj miał okrągłą twarz i duże oczy jak żaba

El lacayo, que parecía un pez, inició la ceremonia

Lokaj, który wyglądał jak ryba, zainicjował ceremonię

Sacó algo de debajo de su brazo

Wyciągnął coś spod pachy
Y sacó de debajo del brazo un sobre
I wyjął spod pachy kopertę
Y este sobre se lo entregó al otro lacayo
i tę kopertę wręczył drugiemu lokajowi
En tono ceremonioso le comunicó las órdenes
Uroczystym tonem oznajmił mu rozkazy
"Este mensaje es para la duquesa"
"Ta wiadomość jest dla księżnej"
"Una invitación de la reina a jugar al croquet"
"Zaproszenie od królowej do gry w krokieta"
El lacayo, que parecía una rana, repitió la orden
Lokaj, który wyglądał jak żaba, powtórzył rozkaz
"De la Reina"
"Od królowej"
"Una invitación"
"Zaproszenie"
"para la duquesa"
"dla księżnej"
"Jugar al croquet"
"Gra w krokieta"
Entonces ambos se inclinaron profundamente
Potem obaj skłonili się nisko
y los rizos de sus pelucas se enredaron
a loki w ich perukach splątały się ze sobą
Pronto el lacayo que parecía un pez se había ido
Wkrótce lokaj, który wyglądał jak ryba, zniknął
Pero el lacayo que parecía una rana todavía estaba allí
Ale lokaj, który wyglądał jak żaba, wciąż tam był
Estaba sentado en el suelo, cerca de la puerta
Siedział na ziemi przy drzwiach
Estaba mirando estúpidamente al cielo
Wpatrywał się tępo w niebo
Alicia se acercó tímidamente a la puerta y llamó
Alicja podeszła nieśmiało do drzwi i zapukała
—Es inútil llamar a la puerta —dijo el lacayo—
— Nie ma sensu pukać — rzekł lokaj

"Y eso es por dos razones"
"I to z dwóch powodów"
"Primero, porque estoy del mismo lado de la puerta que tú"
"Po pierwsze dlatego, że jestem po tej samej stronie drzwi co ty"
"En segundo lugar, porque están haciendo mucho ruido dentro"
"Po drugie dlatego, że robią tyle hałasu w środku"
"Nadie podría escucharte"
"Nikt cię nie usłyszy"
Y, ciertamente, había un ruido extraordinario en su interior
A w środku z pewnością rozbrzmiewał niezwykły hałas
un aullido y estornudos constantes
nieustanne wycie i kichanie
y de vez en cuando se oye un gran estruendo
i co jakiś czas odgłos wielkiego trzasku
como si un plato o una tetera se hubieran roto en pedazos
jakby naczynie lub czajnik zostały rozbite na kawałki
-¿Cómo voy a entrar? -preguntó Alicia
"Jak mam się dostać?" zapytała Alicja
—¿Deberías entrar? —dijo el lacayo—
"Czy powinien pan w ogóle wejść?" zapytał lokaj
"Esa es la primera pregunta, ya sabes"
"To jest pierwsze pytanie, wiesz"
Alicia abrió la puerta y entró
Alicja otworzyła drzwi i weszła do środka
La puerta conducía directamente a una gran cocina
Drzwi prowadziły prosto do dużej kuchni
La cocina estaba llena de humo de un extremo a otro
Kuchnia była pełna dymu od jednego końca do drugiego
en medio de la cocina estaba la duquesa
Na środku kuchni stała księżna
Estaba sentada en un taburete de tres patas
Siedziała na trójnożnym stołku
Y ella estaba amamantando a un bebé
i karmiła piersią dziecko
El cocinero estaba inclinado sobre el fuego

Kucharz pochylał się nad ogniem
Estaba removiendo un gran caldero
Mieszał w wielkim kotle
y el caldero parecía estar lleno de sopa
a kocioł zdawał się być pełen zupy
"¡Ciertamente hay demasiada pimienta en esa sopa!" —se
dijo Alicia
"W tej zupie na pewno jest za dużo pieprzu!" — powiedziała
do siebie Alicja
Lo dijo lo mejor que pudo, sin estornudar
Powiedziała to najlepiej, jak potrafiła, nie kichając
Incluso la duquesa estornudaba de vez en cuando
Nawet księżna kichała od czasu do czasu
Pero las acciones del bebé fueron las más notables
Ale najbardziej godne uwagi były czyny dziecka
El bebé estornudaba y aullaba alternativamente
Dziecko kichało i wyło na przemian
No hubo un momento de pausa entre aullidos y estornudos
Nie było ani chwili przerwy między wyciem a kichnięciem
Había dos criaturas en la cocina que no estornudaban
W kuchni były dwa stworzenia, które nie kichnęły
El cocinero estaba demasiado ocupado para estornudar
Kucharz był zbyt zajęty, by kichnąć
Y al gran gato no pareció importarle el pimiento
A duży kot zdawał się nie przejmować pieprzem
En cambio, el gran gato sonreía de oreja a oreja
Zamiast tego duży kot uśmiechał się od ucha do ucha
-Por favor, ¿podría decírmelo -dijo Alicia, un poco
tímidamente-
— Proszę, powiedz mi — powiedziała Alicja trochę nieśmiało
"¿Por qué tu gato sonríe así?"
"Dlaczego twój kot tak się uśmiecha?"
-Es un gato de Cheshire -dijo la duquesa-
— To kot z Cheshire — powiedziała księżna
"Y por eso está sonriendo de oreja a oreja"
"I dlatego uśmiecha się od ucha do ucha"
"No sabía que un gato de Cheshire siempre sonreía"

"Nie wiedziałam, że kot z Cheshire zawsze się uśmiecha"
—De hecho, no sabía que los gatos podían sonreír —dijo Alicia—
"Prawdę mówiąc, nie wiedziałam, że koty mogą się uśmiechać" – powiedziała Alice
-Hay muchas cosas que no sabes -dijo la duquesa-
— Jest wiele rzeczy, których nie wiesz — rzekła księżna
"Hay muchas cosas que no sabes y eso es un hecho"
"Jest wiele rzeczy, których nie wiesz i to jest fakt"
En ese momento, el cocinero retiró el caldero de sopa del fuego
W tej samej chwili kucharz zdjął z ognia kociołek z zupą
Y en seguida se puso a tirar todo lo que estaba a su alcance
I od razu zaczęła rzucać wszystkim, co znalazło się w jej zasięgu
arrojó todo lo que pudo a la duquesa y al bebé
rzucała w księżną i dziecko wszystkim, co tylko mogła
Primero arrojó los hierros de fuego
Najpierw rzuciła żelazne żelazka
Luego tiró un puñado de cacerolas
Potem rzuciła garść rondli
y finalmente tiró los platos y las fuentes
A na koniec rzuciła talerzami i naczyniami
La duquesa no le hizo caso
Księżna nie zwracała na nią uwagi
Incluso cuando fue golpeada por un plato, no se preocupó
Nawet gdy została uderzona talerzem, nie martwiła się
El bebé ya estaba aullando tanto
Dziecko już tak bardzo wyło
Así que era imposible decir si los golpes lastimaban al bebé o no
Nie można więc było powiedzieć, czy ciosy zraniły dziecko, czy nie
—¡Oh, por favor, ten cuidado con lo que estás haciendo! — exclamó Alicia—
"Och, proszę, uważaj na to, co robisz!" zawołała Alicja
Y saltaba de un lado a otro en una agonía de terror

i podskakiwała w górę i w dół w agonii przerażenia
la duquesa le ofreció a Alicia el bebé
Księżna ofiarowała Alicji dziecko
"¡Aquí! ¡Puedes amamantar un poco al bebé, si quieres!"
— Tutaj! Jeśli chcesz, możesz trochę pokarmić dziecko!"
Y le arrojó al bebé mientras hablaba
Mówiąc to, rzuciła w nią dzieckiem
"Tengo que ir a prepararme para jugar al croquet con la reina"
"Muszę iść i przygotować się do gry w krokieta z królową"
Y se apresuró a salir de la habitación
i wybiegła pospiesznie z pokoju
Alicia atrapó al bebé con cierta dificultad
Alicja złapała dziecko z pewnym trudem
porque era una criatura de forma muy extraña
ponieważ było to małe stworzenie o bardzo dziwnym kształcie
Y el bebé extendió los brazos y las piernas en todas direcciones
A dziecko wyciągało ręce i nogi we wszystkich kierunkach
«Será mejor que me lleve a este niño conmigo», pensó Alicia
"Lepiej zabiorę to dziecko ze sobą" – pomyślała Alicja
"Seguro que matarán a este bebé en uno o dos días"
"Na pewno zabiją to dziecko w dzień lub dwa"
—¿No sería un asesinato dejar atrás a este bebé?
– Czy nie byłoby morderstwem zostawić to dziecko?
Dijo las últimas palabras en voz alta
Ostatnie słowa wypowiedziała na głos
Y la cosita gruñó en respuesta
A mała istota chrząknęła w odpowiedzi
—Será mejor que no te conviertas en un cerdo, querida — dijo Alicia—
– Lepiej nie zamieniaj się w świnię, moja droga – powiedziała Alicja
"o de lo contrario no tendré nada más que ver contigo"
"bo inaczej nie będę miał z tobą nic wspólnego"
Alicia empezaba a pensar para sí misma:

Alicja właśnie zaczynała myśleć sobie:

"Ahora, ¿qué voy a hacer con esta criatura cuando la lleve a casa?"

— A teraz, co mam zrobić z tym stworzeniem, kiedy przyniosę je do domu?

Pero entonces la pequeña criatura gruñó un poco violentamente

Ale wtedy małe stworzenie chrząknęło trochę gwałtownie

y Alicia lo miró a la cara con cierta alarma

a Alicja spojrzała mu w twarz z pewnym niepokojem

Esta vez no podía haber error al respecto

Tym razem nie mogło być żadnej pomyłki

No era ni más ni menos que un cerdo

Nie było to ani mniej, ani więcej niż świnia

Así que dejó a la pequeña criatura en el suelo

Położyła więc małe stworzenie na ziemi

y la pequeña criatura se aleja trotando tranquilamente hacia el bosque

A małe stworzenie cicho odbiegło kłusem w głąb lasu

Alicia se sintió bastante aliviada al ver que la criatura se iba

Alice poczuła ulgę, widząc, jak stwór odchodzi

Alicia se sobresaltó un poco al ver al Gato de Cheshire

Alicja była nieco zaskoczona, gdy zobaczyła kota z Cheshire

Estaba sentado en la rama de un árbol a pocos metros de distancia

Siedział na konarze drzewa kilka metrów dalej

El gato solo sonrió cuando la vio

Kot uśmiechnął się tylko na jej widok

—Gato de Cheshire —empezó Alicia, bastante tímidamente—

– Kot z Cheshire – zaczęła Alicja dość nieśmiało

—¿Podría decirme, por favor, qué camino debo tomar desde aquí?

— Czy mógłbyś mi powiedzieć, którędy powinienem stąd iść?

—En esa dirección —dijo el gato—

– W tamtym kierunku – powiedział kot

Y agitó la pata derecha

i machnął prawą łapą
"En esa dirección vive un fabricante de sombreros"
"W tym kierunku mieszka producent kapeluszy"
Y entonces el gato agitó su otra pata
A potem kot machnął drugą łapą
"Y en esa dirección vive una liebre de marzo"
"A w tamtym kierunku mieszka zając marszowy"
"Visita a cualquiera de los que quieras; los dos están locos"
"Odwiedzaj, kogo chcesz; Oboje są szaleni"
—Pero yo no quiero andar entre locos —comentó Alicia—
– Ale ja nie chcę wchodzić wśród szaleńców – zauważyła
Alicja
—Oh, no puedes evitarlo —dijo el Gato—
– Och, nic na to nie poradzisz – powiedział Kot
"Aquí estamos todos locos"
"Wszyscy jesteśmy tu szaleni"
"¿Vas a jugar al croquet con la reina hoy?"
– Grasz dziś w krokieta z królową?
—Me gustaría mucho —dijo Alicia—
– Bardzo bym chciała – powiedziała Alicja
"pero todavía no me han invitado"
"ale ja jeszcze nie zostałem zaproszony"
—Allí me verás —dijo el Gato—
– Zobaczysz mnie tam – powiedział Kot
Y de un momento a otro el gato desapareció
i z chwili na chwilę kot znikał
pronto Alicia llegó a la vista de la casa de la liebre de marzo
Wkrótce Alicja znalazła się w zasięgu wzroku domu zająca
marszowego
Era una casa muy grande
Był to bardzo duży dom
así que Alicia no quiso acercarse a la casa
więc Alicja nie chciała zbliżać się do domu
**Primero tuvo que mordisquear un poco más del trozo de
champiñón del lado izquierdo**
Najpierw musiała skubnąć jeszcze trochę kawałka grzyba z
lewej strony

Una fiesta de té loca
Szalone przyjęcie herbaciane

Delante de la casa había un árbol
Przed domem rosło drzewo
y debajo del árbol había una mesa
a pod drzewem stał stół
y la mesa estaba puesta con toda clase de cubiertos
a stół był zastawiony wszelkiego rodzaju sztućcami
La Liebre de Marzo y el Sombrerero estaban sentados a la mesa
Marcowy zając i kapelusznik siedzieli przy stole
y juntos estaban tomando el té
i razem pili herbatę
Un lirón estaba sentado entre ellos
Między nimi siedziała popielica
y el lirón se durmió profundamente
a popielica mocno spała
La mesa era de un tamaño extraordinario
Stół był niezwykłych rozmiarów
Pero la mayor parte de la mesa estaba desocupada
ale większość stołu była wolna
Se sentaron apiñados en una esquina de la mesa
Siedzieli stłoczeni w jednym rogu stołu
y, sin embargo, se excusaban cuando veían a Alicia
a jednak szukali wymówek, gdy zobaczyli Alicję
"¡No hay espacio! ¡No hay lugar!", gritaron
"Nie ma miejsca! Nie ma miejsca!" – krzyczeli
-¡Hay sitio de sobra! -exclamó Alicia indignada-
"Jest dużo miejsca!" powiedziała Alicja z oburzeniem
En un extremo de la mesa había un gran sillón
Na jednym końcu stołu stał duży fotel
y Alicia se sentó en el sillón
a Alicja sama usiadła w fotelu
El sombrerero abrió mucho los ojos
Kapelusznik otworzył szeroko oczy
No podía creer lo que estaba viendo
Nie mógł uwierzyć w to, co widzi

Pero su mente tenía curiosidad por otras cosas

Ale jego umysł był ciekawy innych rzeczy

—¿Por qué un cuervo es como un escritorio?

"Dlaczego kruk jest jak biurko?"

Alicia estaba abierta al reto

Alicja była otwarta na to wyzwanie

"Me alegro de que hayan empezado a hacer adivinanzas"

"Cieszę się, że zaczęli zadawać zagadki"

—Creo que puedo adivinarlo —añadió en voz alta—

– Chyba mogę się tego domyślić – dodała głośno

La liebre de marzo sintió curiosidad por Alicia

Marcowy zając zaciekawił się Alicją

"¿De verdad crees que puedes encontrar la respuesta?"

– Naprawdę myślisz, że znajdziesz odpowiedź?

—Creo que puedo encontrar la respuesta —dijo Alicia—

– Myślę, że rzeczywiście znajdę odpowiedź – powiedziała Alicja

—Entonces deberías decir lo que quieres decir —prosiguió la liebre de la marcha—

— W takim razie powinieneś powiedzieć, co masz na myśli — ciągnął dalej zając marszowy

—Digo lo que quiero decir —respondió Alicia apresuradamente—

— Mówię to, co mam na myśli — odparła pośpiesznie Alicja

"por lo menos quiero decir lo que digo"

"Przynajmniej mam na myśli to, co mówię"

"Es lo mismo, ¿sabes?"

"To jest to samo, wiesz"

El lirón también contribuyó a la conversación

Popielica również przyczyniła się do rozmowy

Pero el lirón parecía estar hablando en sueños

Ale popielica zdawała się mówić przez sen

"Respiro cuando duermo"

"Oddycham, kiedy śpię"

"¡Duermo cuando respiro!"

"Śpię, kiedy oddycham!"

"Bien podría decirse que también son lo mismo"

"Równie dobrze można powiedzieć, że są takie same"
-A ti te pasa lo mismo -dijo el sombrerero-
— Z tobą jest tak samo — rzekł kapelusznik
Y echó un poco de té en la nariz del lirón
i wylał trochę herbaty na nos popielicy
El Lirón sacudió la cabeza con impaciencia
Popielica potrząsnęła niecierpliwie głową
Y volvió a hablar el Lirón, sin abrir los ojos
I znowu popielica przemówiła, nie otwierając oczu
"Por supuesto, por supuesto que es lo mismo"
"Oczywiście, oczywiście, że jest tak samo"
"eso es justo lo que iba a decir yo mismo"
"To jest właśnie to, co sam zamierzałem powiedzieć"

El sombrerero se volvió hacia Alicia y le hizo otra pregunta
Kapelusznik odwrócił się do Alicji i zadał kolejne pytanie
—¿Ya has adivinado el enigma?
— Odgadłeś już zagadkę?
—No, me rindo —concedió Alicia—
- Nie, poddaję się – przyznała Alicja
"¿Cuál es la respuesta?", quiso saber
"Jaka jest odpowiedź?" – chciała wiedzieć
—No tengo la menor idea —dijo el sombrerero—
— Nie mam najmniejszego pojęcia — odparł kapelusznik
-Ni yo lo sé -dijo la liebre-
— Ja też nie wiem — odparł zając marszowy
Alicia dio un suspiro de cansancio
Alicja westchnęła ze znużeniem
"Hay mejores usos del tiempo que los enigmas sin respuestas"
"Lepsze wykorzystanie czasu niż zagadki bez odpowiedzi"
-¡Toma un poco más de té! -dijo la liebre a Alicia, muy seriamente-
— Napij się jeszcze herbaty — rzekł zając do Alicji bardzo poważnie
Alicia se sintió bastante ofendida por la oferta
Alicja poczuła się bardzo urażona tą propozycją
—Todavía no he tomado el té —respondió Alicia—
- Nie piłam jeszcze herbaty – odparła Alicja
"por lo tanto, no puedo tomar más té"
"dlatego nie mogę już napić się herbaty"
—Quieres decir que no puedes tomar menos té —dijo el sombrerero—
- To znaczy, że nie możesz wypić mniej herbaty – powiedział kapelusznik
"Es muy fácil llevarse más que nada"
"Bardzo łatwo jest wziąć więcej niż nic"
Al oír esto, Alicia se levantó y se marchó
Na to Alicja wstała i odeszła
El lirón se durmió al instante
Popielica natychmiast zasnęła

y ninguno de los otros hizo la menor atención de que ella se fuera
i żaden z pozostałych nie zwrócił najmniejszej uwagi na jej odejście
aunque miró hacia atrás una o dos veces
choć raz czy dwa spojrzała za siebie
Intentaban meter el lirón en la tetera
Próbowali włożyć popielicę do dzbanka do herbaty
-De todos modos, ¡no volveré a ir allí! -dijo Alicia-
— W każdym razie nigdy więcej tam nie pójdę! — rzekła Alicja
Y ella caminó su camino a través del bosque
I szła przez las
"Esa fue la fiesta del té más estúpida a la que he ido en mi vida"
"To było najgłupsze przyjęcie herbaciane, na jakim kiedykolwiek byłem"
Justo cuando dijo esto, notó algo
W chwili, gdy to mówiła, zauważyła coś
Uno de los árboles tenía una puerta que daba directamente a él
Na jednym z drzew prowadziły drzwi
"¡Eso es muy interesante!", pensó
"To bardzo interesujące!" – pomyślała
"Creo que es mejor que pase por la puerta"
"Myślę, że równie dobrze mogę przejść przez drzwi"
Y entró por la puerta
I weszła przez drzwi
Una vez más se encontró en el largo pasillo
Raz jeszcze znalazła się w długim korytarzu
De nuevo estaba cerca de la mesita de cristal
Znów znalazła się blisko małego szklanego stolika
Ella tomó la pequeña llave de oro
Wzięła mały złoty kluczyk
Y abrió la puerta que daba al jardín
I otworzyła drzwi prowadzące do ogrodu
Luego se puso manos a la obra mordisqueando el hongo

Potem zabrała się do pracy, skubiąc grzyba
Había guardado un trozo de la seta en el bolsillo
Trzymała kawałek grzyba w kieszeni
Y, por último, medía alrededor de un metro de altura
Aż w końcu osiągnęła około metra wzrostu
Luego caminó por el pequeño pasillo
Potem poszła małym korytarzem
Y entonces finalmente se encontró en el hermoso jardín
A potem w końcu znalazła się w pięknym ogrodzie
y ella estaba entre la flor brillante y las fuentes frescas
i była wśród jasnych kwiatów i chłodnych fontann

El campo de croquet de la reina

Boisko do krokieta królowej

Un gran rosal se alzaba cerca de la entrada del jardín

Duże drzewo różane rosło przy wejściu do ogrodu

Las rosas que crecían en el árbol eran blancas

Róże rosnące na drzewie były białe

Pero había tres jardineros pintando la rosa

Ale było trzech ogrodników, którzy malowali różę

Estaban ocupados pintando las rosas de rojo

Pracowicie malowali róże na czerwono

y Alicia los miraba pintar las rosas de rojo

a Alicja patrzyła, jak malują róże na czerwono

y de repente sus ojos se posaron por casualidad en Alicia

i nagle ich oczy padły przypadkiem na Alicję

Alicia habló un poco tímidamente

Alicja odezwała się trochę nieśmiało

—¿Podría decírmelo, por favor?

— Czy mógłbyś mi powiedzieć, proszę?

"¿Por qué están pintando todas esas rosas?"

– Dlaczego wszyscy malujecie te róże?

Cinco y siete no dijeron nada, pero miraron a dos

Pięć i Siedem nic nie powiedziały, tylko spojrzały na dwie

Dos hablaron, en voz baja

Dwóch odezwało się ściszonym głosem

"Vaya, el hecho es que ya lo ve, señora"

— Przecież przecież tak jest, widzi pani...

"Esto de aquí debería haber sido un rosal rojo"

"To tutaj powinno być czerwoną różą"

"Y pusimos un rosal blanco por error"

"I przez pomyłkę posadziliśmy białą różę"

"Como estarás de acuerdo, la Reina no debe enterarse"

"Jak można się zgodzić, królowa nie może się tego
dowiedzieć"

"De lo contrario, nos cortarían la cabeza a todos"

"W przeciwnym razie wszyscy byśmy mieli obcięte głowy"

**"Así que ya ve, señora, estamos haciendo lo mejor que
podemos"**

"Więc widzi pani, robimy wszystko, co w naszej mocy"
La Carta Cinco había estado mirando ansiosamente a través del jardín
Karta piąta z niepokojem rozglądała się po ogrodzie
En ese momento, la carta cinco gritó: "¡La reina! ¡La reina!"
W tym momencie karta piąta zawołała: "Królowa! Królowa!"
Y los tres jardineros se escabulleron al instante
Trzej ogrodnicy natychmiast odeszli
Y se arrojaron de bruces
i rzucili się na twarze
Se oyó el sonido de muchos pasos
Rozległ się odgłos wielu kroków
Alicia miró a su alrededor, ansiosa por ver a la reina
Alicja rozejrzała się dookoła, nie mogąc się doczekać spotkania z królową
Al comienzo de la procesión había diez soldados
Na początku procesji szło dziesięciu żołnierzy
Sus manos y pies estaban en las esquinas
Ich ręce i nogi znajdowały się w kątach
y en sus manos y pies había garrotes
a w rękach i nogach mieli pałki
Luego vinieron los diez cortesanos
Dalej przyszło dziesięciu dworzan
Los cortesanos estaban adornados con diamantes
Dworzanie byli cały ozdobioni diamentami
Después de los cortesanos venían los hijos reales
Po dworzanach przyszły królewskie dzieci
Eran diez los hijos de la realeza
Królewskich dzieci było dziesięcioro
y todos los niños reales estaban adornados con corazones
a wszystkie dzieci królewskie były ozdobione sercami
Luego vinieron los invitados; en su mayoría reyes y reinas
Następni byli goście; głównie królowie i królowe
y entre los reyes y la reina, Alicia vio a alguien
a wśród królów i królowej Alicja ujrzała kogoś
Volvió a ver al conejo blanco que había perseguido
Znów zobaczyła białego królika, którego goniła

La procesión fue seguida por la sota de los corazones
Za procesją podążał kręt serc
Llevaba la corona del rey
Niósł koronę królewską
y la corona del rey estaba sobre un cojín de terciopelo carmesí
a korona królewska spoczywała na poduszce z karmazynowego aksamitu
Y entonces llegó el final de esta gran procesión
A potem nadszedł koniec tej wielkiej procesji
Y allí, al final, estaban el Rey y la Reina de Corazones
A tam na końcu byli Król i Królowa Kier
la procesión venía frente a Alicia
procesja szła naprzeciwko Alicji
Y todos se detuvieron y la miraron
i wszyscy zatrzymali się i spojrzeli na nią
Y la reina dijo severamente: "¿Quién es éste?"
Królowa rzekła surowo: "Kto to jest?"
Se lo dijo a la Sota de Corazones
Powiedziała to do Króla Kier
Pero él se limitó a hacer una reverencia y a sonreír en respuesta
Ale on tylko się ukłonił i uśmiechnął w odpowiedzi
Alicia habló muy cortésmente
Alicja odezwała się bardzo grzecznie
"Mi nombre es Alicia, así que por favor, su majestad"
"Mam na imię Alicja, więc proszę Wasza Wysokość"
Pero ella tenía otros pensamientos para sí misma
Miała jednak inne myśli dla siebie
"¡Después de todo, son solo un mazo de cartas!"
"W końcu to tylko talia kart!"
"¿Sabes jugar al croquet?", gritó la reina
"Umiesz grać w krykieta?" krzyknęła królowa
Era evidente que la pregunta iba dirigida a Alicia
Pytanie było ewidentnie skierowane do Alicji
-¡Sí! -dijo Alicia en voz alta-
— Tak — odparła głośno Alicja

—¡Ven a jugar! —rugió la reina—
"Chodź się więc pobawić!" ryknęła królowa
una voz tímida le habló a Alicia
Nieśmiały głos przemówił do Alicji
"¡Es un día muy hermoso!"
"To bardzo piękny dzień!"
Caminaba junto al conejo blanco
Szła obok białego królika
y el Conejo Blanco la miraba ansiosamente a la cara
a Biały Królik z niepokojem zerkał jej w twarz
—Un día muy bueno —confirmó Alicia—
— Doprawdy bardzo piękny dzień — potwierdziła Alicja
—¿Dónde está la duquesa?
— Gdzie jest księżna?
"¡Silencio! ¡Silencio!", dijo el Conejo
— Cicho! Cicho!" powiedział Królik
"Está condenada a muerte"
"Jest pod wyrokiem egzekucji"
—¿Por qué la ejecutan? —preguntó Alicia
"Za co ona jest stracona?" zapytała Alicja
**—Le ha rayado las orejas a la reina —empezó a decir el
conejo—**
— Podrapała uszy królowej – zaczął królik
—gritó la Reina con voz de trueno—
— krzyknęła królowa grzmiącym głosem
"¡Vayan a sus lugares!"
"Ruszaj na swoje miejsca!"
Y la gente empezó a correr en todas direcciones
i ludzie zaczęli biegać we wszystkich kierunkach
y todos tropezaron unos con otros
i wszyscy runęli na siebie
Sin embargo, se calmaron en uno o dos minutos
Jednak ustatkowali się w ciągu minuty lub dwóch
Y entonces comenzó el juego
A potem zaczęła się gra
Alicia nunca había visto un campo de croquet tan curioso
Alicja nigdy nie widziała tak osobliwego boiska do krokieta

La hierba era todo crestas y surcos
Trawa była cała w grzbietach i bruzdach
Las bolas de croquet eran erizos de verdad
Kule do krokieta były prawdziwymi jeżami
y los mazos eran flamencos de verdad
A młotki były prawdziwymi flamingami
Y los soldados se pusieron de pie sobre sus manos y sus pies
A żołnierze stanęli na rękach i nogach
porque los arcos estaban hechos de sus cuerpos
ponieważ łuki zostały zrobione z ich ciał
Todos los jugadores jugaron a la vez
Wszyscy gracze grali jednocześnie
Nadie esperó su turno
Nikt nie czekał na swoją kolej
y todos se peleaban con todos
i wszyscy kłócili się ze wszystkimi
y todos luchaban por los erizos
i wszyscy walczyli za jeże
Pronto la reina se vio presa de una furiosa pasión
Wkrótce królowa wpadła we wściekłą namiętność
Y empezó a patalear y a gritar
A ona zaczęła tupać i krzyczeć
"¡Córtale la cabeza!"
"Odrąb mu głowę!"
"¡Córtale la cabeza!"
"Odrąb jej głowę!"
"¡Córtale la cabeza a todos!"
"Odrąbać im wszystkie głowy!"
De nuevo Alicia pensó para sí misma
Alicja znowu zamyśliła się
"Son terriblemente aficionados a decapitar a la gente aquí"
"Strasznie lubią tu ścinać ludziom głowy"
"¡La gran maravilla es que quede alguien vivo!"
"To wielki cud, że ktokolwiek pozostał przy życiu!"
Buscaba alguna vía de escape
Rozglądała się za jakimś sposobem ucieczki
Notó una curiosa apariencia en el aire

Zauważyła w powietrzu coś dziwnego
«Es el gato de Cheshire», se dijo a sí misma
– To kot z Cheshire – powiedziała do siebie
"Ahora tendré a alguien con quien hablar"
"Teraz będę miał z kim porozmawiać"
—¿Cómo te va? —preguntó el gato
"Jak sobie radzisz?" zapytał kot
—No creo que jueguen nada limpio —dijo Alicia—
– Nie sądzę, żeby grali uczciwie – powiedziała Alice
Y tenía un tono bastante quejumbroso
i miała raczej narzekający ton
"Todos se pelean tan terriblemente"
"Wszyscy tak strasznie się kłócą"
"Uno no se oye hablar"
"Nie słychać samego siebie, co mówi"
"Y no parecen jugar con ninguna regla"
"I wydaje się, że nie grają według żadnych zasad"
el gato le hizo una pregunta a Alicia en voz baja
kot zadał Alicji pytanie ściszonym głosem
—¿Qué te parece la reina?
– Jak ci się podoba królowa?
—No me gusta nada —dijo Alicia—
– Wcale jej nie lubię – powiedziała Alicja

Alicia pensó que sería mejor que volviera
Alicja pomyślała, że równie dobrze może wrócić
Quería ver cómo iba el partido
Chciała zobaczyć, jak idzie gra
Se fue en busca de su erizo
Poszła szukać swojego jeża
El erizo estaba ocupado luchando contra otro erizo
Jeż był zajęty walką z innym jeżem
Esta fue una excelente oportunidad
To była doskonała okazja
Podía hacer croquet a un erizo con el otro
Potrafiła krokietować jednego jeża drugim
Pero su flamenco estaba al otro lado del jardín
Ale jej flaming znajdował się po drugiej stronie ogrodu
El flamenco era bastante torpe
Flaming był dość niezdarny
Su flamenco intentaba volar hacia un árbol
Jej flaming próbował wlecieć na drzewo
Atrapó al flamenco por la pierna
Złapała flaminga za nogę
Y guardó el flamenco bajo el brazo
I schowała flaminga pod pachę
De esa manera, el flamenco no pudo escapar de nuevo
W ten sposób flaming nie mógł już uciec
Justo en ese momento Alicia se encontró con la duquesa
Właśnie wtedy Alicja spotkała księżną
La duquesa ya había salido de la cárcel
Księżna wyszła już z więzienia
Metió cariñosamente su brazo bajo el brazo de Alicia
Wsunęła czule rękę pod ramię Alicji
Y luego se fueron juntos
A potem odeszli razem
Alicia se alegró mucho de encontrarla de tan buen humor
Alicja była bardzo zadowolona, że znalazła ją w tak miłym
usposobieniu
Sin embargo, estaba un poco asustada

Była jednak trochę zaskoczona
Oyó la voz de la duquesa cerca de su oído
Usłyszała głos księżnej tuż przy uchu
"Estás pensando en algo, querida"
"Myślisz o czymś, moja droga"
"Y eso hace que te olvides de hablar"
"A to sprawia, że zapominasz o rozmowie"
—El juego va bastante mejor ahora —dijo Alicia—
– Gra idzie teraz o wiele lepiej – powiedziała Alice
Era una forma de mantener la conversación
Był to jeden ze sposobów na podtrzymanie rozmowy
-Así es -dijo la duquesa-
— Istotnie — rzekła księżna
"Y la moraleja de eso es esta:"
"Morał z tego jest taki:
"¡Es el amor el que lo hace todo!"
"To miłość czyni wszystko!"
"El amor es lo que hace que el mundo gire"
"Miłość jest tym, co sprawia, że świat się kręci"
Alicia tenía otra explicación
Alicja miała inne wytłumaczenie
"¡Lo hace todo el mundo ocupándose de sus propios asuntos!"
"Robi to każdy, kto zajmuje się swoimi sprawami!"
—¡Ah, bueno! Podrías tener razón"
— Ach, cóż! Możesz mieć rację"
-Todo significa lo mismo -dijo la duquesa-
— To wszystko znaczy mniej więcej to samo — rzekła księżna
y hundió su afilada barbilla en el hombro de Alicia
i wbiła swój ostry podbródek w ramię Alicji
"Y la moraleja de eso es esta"
"Morał z tego jest taki"
"Cuida el sentido"
"Zadbaj o zmysł"
"Y entonces los sonidos se encargarán de sí mismos"
"A wtedy dźwięki same się o siebie zatroszczą"
Pero entonces el brazo de la duquesa empezó a temblar

Ale wtedy ręka księżnej zaczęła drżeć
Alicia alzó la vista y allí estaba la reina
Alicja spojrzała w górę, a tam stała królowa
La reina tenía los brazos cruzados
Królowa miała założone ręce
¡Y ella fruncía el ceño como una tormenta eléctrica!
A ona marszczyła brwi jak burza!
—Te advierto —gritó la reina—
— Uprzedzam cię uczciwie — krzyknęła królowa
Y pisoteó el suelo mientras hablaba
Mówiąc to, tupnęła na ziemię
"O tu cabeza o la suya deben estar cortadas"
"Albo twoja głowa, albo jej głowa musi być odcięta"
"¡Toma tu decisión!"
"Dokonaj wyboru!"
"Y ser rápido al respecto"
"I nie spiesz się"
La duquesa hizo su elección
Księżna dokonała wyboru
Y al cabo de un instante la duquesa se fue
Po chwili księżna zniknęła
Entonces la reina le habló a Alicia
Następnie królowa przemówiła do Alicji
"Sigamos con el juego"
"Kontynuujmy grę"
Alicia estaba demasiado asustada para decir una palabra
Alicja była zbyt przerażona, by powiedzieć słowo
Y la siguió lentamente hasta el campo de croquet
i powoli podążyła za nią z powrotem na boisko do krokieta
Todo el tiempo la Reina se peleó con los otros jugadores
Przez cały czas królowa kłóciła się z innymi graczami
"¡Córtale la cabeza!"
"Odrąb mu głowę!"
"¡Córtale la cabeza!"
"Odrąb jej głowę!"
"¡Córtale la cabeza a todos!"
"Odrąbać im wszystkie głowy!"

Pronto todos los jugadores estaban bajo custodia
Wkrótce wszyscy zawodnicy znaleźli się w areszcie
solo quedaron el rey, la reina y Alicia
pozostał tylko król, królowa i Alicja
Entonces la reina se marchó, casi sin aliento
Potem królowa odeszła, zupełnie zdyszana
y se fue con Alicia
i odeszła z Alicją
Alicia oyó que el rey decía algo en voz baja
Alicja usłyszała, jak król cicho coś mówi
"Estáis todos perdonados"
"Wszyscy jesteście ułaskawieni"
Pero de repente se oyó otro grito
Nagle jednak rozległ się kolejny krzyk
"¡El juicio está comenzando!"
"Zaczyna się próba!"
y Alicia corrió con los demás
a Alicja pobiegła razem z innymi

¿Quién robó las tartas?

Kto ukradł tarty?

El rey y la reina de corazones estaban sentados

Król i królowa kier zasiedli na swoich miejscach

estaban en su trono cuando llegó Alicia

Siedzieli na tronie, gdy przybyła Alicja

Había una gran multitud reunida a su alrededor

Wokół nich zebrał się wielki tłum

Había todo tipo de pajaritos y bestias

Były tam różnego rodzaju małe ptaszki i zwierzęta

Y allí estaba toda la baraja de cartas

i była cała talia kart

La sota estaba de pie frente a ellos, encadenada

stał przed nimi, zakuty w kajdany

y había un soldado a cada lado para custodiarlo

A po każdej stronie był żołnierz, który go strzegł

cerca del Rey estaba el conejo blanco

obok króla leżał biały królik

Tenía una trompeta en una mano

W jednej ręce trzymał trąbkę

y tenía un rollo de pergamino en la otra mano

a w drugiej ręce trzymał zwój pergaminu

En el centro del patio había una mesa

Na samym środku boiska znajdował się stół

Sobre la mesa había un gran plato de tartas

Na stole leżał duży półmisek z tartami

«Ojalá hicieran el juicio», pensó Alicia

"Chciałabym, żeby udało im się przeprowadzić ten proces" – pomyślała Alice

—¡Entonces podríamos comer algunos de esos refrescos!

"A potem moglibyśmy zjeść trochę tych przekąsek!"

El juez, por cierto, era el rey
Sędzią, nawiasem mówiąc, był król
y llevaba su corona sobre su gran peluca
i nosił koronę swoją na swojej wielkiej peruce
«Ésa es la tribuna del jurado», pensó Alicia
"To jest ława przysięgłych" – pomyślała Alicja
"Y esas doce criaturas, supongo que son los miembros del jurado"
"A te dwanaście stworzeń, przypuszczam, że to są przysięgli"
algunos eran animales y otros eran pájaros
Niektóre z nich były zwierzętami, a niektóre ptakami
En ese momento el conejo blanco gritó
Właśnie wtedy biały królik krzyknął
"¡Silencio en la corte!"
"Cisza na dziedzińcu!"
"¡Heraldo, lee la acusación!", dijo el rey
— Herold, przeczytaj oskarżenie! — rzekł król

El Conejo Blanco tocó tres veces la trompeta
Biały królik zadął w trąbkę trzy razy
Luego desenrolló el rollo de pergamino
Potem rozwinął pergaminowy zwój
Y leyó lo siguiente:
I czytał co następuje:
"La reina de corazones, hizo unas tartas"
"Królowa kier, zrobiła tarty"
"Todo esto lo hizo en un día de verano"
"Wszystko to uczyniła w letni dzień"
"La sota de los corazones, robó esas tartas"
"serc, ukradł te tarty"
—¡Y se llevó esas tartas muy lejos!
— A on zabrał te tarty daleko!
—Llama al primer testigo —dijo el rey—
— Wezwij pierwszego świadka — rzekł król
y el conejo blanco tocó tres veces la trompeta
A biały królik zadął w trąbę trzy razy
"¡Traigan al primer testigo!", gritó
"Przyprowadźcie pierwszego świadka!" — zawołał
El primer testigo fue el sombrerero
Pierwszym świadkiem był kapelusznik
Entró con una taza de té en una mano
Wszedł z filiżanką herbaty w jednej ręce
Y tenía un pedazo de pan con mantequilla en la otra mano
A w drugiej ręce trzymał kawałek chleba z masłem
—Tendrías que haber terminado —dijo el rey—
— Powinieneś był skończyć — rzekł król
—¿Cuándo empezaste?
- Kiedy zacząłeś?
El sombrerero miró a la liebre de marcha
Kapelusznik spojrzał na maszerującego zająca
La Liebre de Marzo lo había seguido hasta el patio
Marcowy zając podążył za nim na dwór
Había caminado del brazo del lirón
Szedł ramię w ramię z popielicą
—El catorce de marzo, creo que fue —dijo—

— Czternastego marca, zdaje mi się, że to było — odparł
—Da tu testimonio —dijo el rey—
— Złóż świadectwo — rzekł król
"Y no te pongas nervioso, o te haré ejecutar en el acto"
"I nie denerwuj się, bo każę cię rozstrzelać na miejscu"
Esto no pareció animar en absoluto al testigo
Nie wyglądało na to, by świadkowi to wcale zachęciło
Seguía moviéndose de un pie al otro
Przestępował z nogi na nogę
Y miró inquieto a la reina
i spojrzał z niepokojem na królową
Y, en su confusión, mordió un gran trozo de su taza de té
I, w swoim zakłopotaniu, odgryzł duży kawałek ze swojej filiżanki
En realidad, tenía la intención de morder de su pan y mantequilla
Naprawdę miał ochotę ugryźć chleb z masłem
Justo en ese momento, Alicia sintió una sensación muy curiosa
Właśnie w tym momencie Alicja poczuła bardzo dziwne uczucie
Empezaba a crecer de nuevo
Zaczynała znowu rosnąć
Al miserable sombrerero se le cayó la taza de té
Nieszczęsny kapelusznik upuścił filiżankę z herbatą
y el pan y la mantequilla cayeron al suelo
a chleb z masłem upadł na ziemię
Y cayó sobre una rodilla
I upadł na jedno kolano
—Soy un pobre hombre, majestad —comenzó—
— Jestem biednym człowiekiem, Wasza Królewska Mość — zaczął
—Eres un orador muy malo —dijo el rey—
— Jesteś bardzo słabym mówcą — rzekł król
—Puedes irte —dijo el rey—
— Możesz iść — rzekł król
Y el sombrerero abandonó apresuradamente el patio

Kapelusznik pospiesznie opuścił dziedziniec
—¡Llama al próximo testigo! —dijo el rey—
"Wezwij następnego świadka!" powiedział król
El siguiente testigo fue el cocinero de la duquesa
Następnym świadkiem był kucharz księżnej
Llevaba la caja de pimienta en la mano
W ręku trzymała pudełko pieprzu
**Y la gente que estaba cerca de la puerta empezó a estornudar
de repente**
A ludzie stojący przy drzwiach zaczęli kichać nagle
—Da tu testimonio —dijo el rey—
— Złóż świadectwo — rzekł król
-No daré ninguna prueba -dijo el cocinero-
— Nie będę zeznawał — rzekł kucharz
El rey miró ansiosamente al conejo blanco
Król spojrzał z niepokojem na białego królika
Y el conejo blanco habló en voz baja
A biały królik przemówił cichym głosem
"Su Majestad debe interrogar a este testigo"
"Wasza Królewska Mość musi przesłuchać tego świadka"
"Bueno, si debo, debo", dijo el rey
— No cóż, jeśli muszę, to muszę — odparł król
"¿De qué están hechas las tartas?"
"Z czego zrobione są tarty?"
**—Las tartas están hechas de pimienta, en su mayoría —dijo
el cocinero—**
— Tarty robi się głównie z pieprzu — powiedział kucharz
Durante algunos minutos, toda la corte estuvo en confusión
Przez kilka minut na całym dziedzińcu panował chaos
Con el tiempo, todos se calmaron de nuevo
W końcu wszyscy się ustatkowali
Pero para entonces el cocinero había desaparecido
Ale do tego czasu kucharz zniknął
"¡No importa!", dijo el rey
— Mniejsza o to — rzekł król
"Llamar al estrado al próximo testigo"
"Wezwij na trybunę następnego świadka"

Alicia observó al conejo blanco mientras él repasaba a tientas la lista
Alicja obserwowała białego królika, który grzebał w liście
Puedes imaginar su sorpresa por lo que escuchó a continuación
Można sobie wyobrazić jej zdziwienie tym, co usłyszała później
con su vocecita estridente, llamó el nombre de «¡Alicia!»
Na cały głos zawołał imię "Alice!".

La evidencia de Alicia
Zeznania Alicji

-¡Aquí! -exclamó Alicia-
"Tutaj!" zawołała Alicja
Se levantó de un salto a toda prisa
Podskoczyła w wielkim pośpiechu
Y volcó el estrado del jurado
i przewróciła lożę przysięgłych
y derribó a todos los miembros del jurado
i przewróciła wszystkich przysięgłych
y cayeron sobre las cabezas de la muchedumbre de abajo
i upadli na głowy tłumu na dole
Alicia estaba muy consternada
Alicja była w wielkim przerażeniu
"¡Oh, le ruego que me perdone!", exclamó
"Och, przepraszam!" wykrzyknęła
—El juicio no puede continuar —dijo el rey—
— Proces nie może się toczyć — rzekł król
"Los miembros del jurado deben volver a ocupar su lugar"
"Sędziowie przysięgłych muszą wrócić na swoje właściwe
miejsca"
Repitió la orden con gran énfasis
Powtórzył rozkaz z wielkim naciskiem
y miró a Alicia con severidad
i spojrzał surowo na Alicję
**—¿Qué sabe usted de estos acontecimientos? —preguntó el
rey a Alicia**
"Co wiesz o tych wydarzeniach?" – zapytał król Alicję
—No sé nada sobre el tema —dijo Alicia—
— Nic nie wiem na ten temat — odparła Alicja
Entonces el rey leyó de su libro
Następnie król czytał ze swojej księgi
"Regla cuarenta y dos"
"Zasada czterdziesta druga"
**"Todas las personas que tengan más de una milla de altura
deben abandonar el tribunal"**
"Wszystkie osoby o wzroście większym niż mila mają opuścić

sąd"
—No mido ni una milla de altura —dijo Alicia—
— Nie mam nawet mili wysokości — odparła Alicja
—Casi dos millas de altura —dijo la Reina—
— Prawie dwie mile wysokości — odparła królowa

—Bueno, me niego a ir —dijo Alicia—
— No cóż, nie chcę iść — powiedziała Alicja
El rey palideció
Król zbladł
Y cerró apresuradamente su cuaderno de notas
i pospiesznie zamknął notatnik
"Consideren su veredicto", le dijo al jurado
"Zastanówcie się nad swoim werdyktem" – powiedział do
ławy przysięgłych
Habló en voz baja y temblorosa
Mówił niskim, drżącym głosem
Entonces habló el conejo blanco
Wtedy odezwał się biały królik
"Todavía hay más pruebas por venir"
"Jest jeszcze więcej dowodów, które dopiero nadejdą"

Y se levantó de un salto a toda prisa
i zerwał się w wielkim pośpiechu
"Este papel acaba de ser recogido"
"Ten papier został właśnie podniesiony"
"Parece ser una carta escrita por el prisionero"
"Wygląda na to, że jest to list napisany przez więźnia"
Desdobló el papel mientras hablaba
Mówiąc to, rozłożył kartkę
"Al fin y al cabo, no es una carta"
"To przecież nie jest list"
"Lo que era era un conjunto de versos"
"To, co to było, był zbiorem wersetów"
—Por favor, majestad —dijo el bribón—
— Proszę, Wasza Królewska Mość — rzekł knajper
"Yo no escribí esos versos"
"To nie ja napisałem te wersety"
"y no pueden probar que yo escribí nada"
"i nie mogą udowodnić, że coś napisałem"
"No hay ningún nombre firmado al final"
"Na końcu nie ma podpisanego imienia"
El rey le habló a la sota
Król przemówił do
"Debes haber tenido la intención de causar algún daño"
"Musiałeś chcieć zrobić jakąś krzywdę"
"De lo contrario, habrías firmado con tu nombre como un hombre honrado"
"W przeciwnym razie podpisałbyś się jak uczciwy człowiek"
Hubo un aplauso general
Rozległo się ogólne klaskanie w dłonie
Y el rey se volvió hacia el conejo blanco
Król odwrócił się do białego królika
—Lee los versos —ordenó—
— Przeczytaj wersety — rozkazał
Hubo un silencio sepulcral en la corte
Na dziedzińcu zapadła martwa cisza
Y el conejo blanco leyó los versos
A biały królik czytał wersety

Me dijeron que habías estado con ella
Powiedzieli mi, że byłeś u niej
Y me mencionaron a él
I wspomnieli mu o mnie
Ella me dio un buen carácter
Dała mi dobry charakter
Pero ella dijo que yo no sabía nadar
Ale ona powiedziała, że nie umiem pływać
Les mandó decir que yo no había ido
Wysłał im wiadomość, że nie odszedłem
Sabemos que es verdad
Wiemy, że to prawda
Si ella insistiera en el asunto, ¿qué sería de ti?
Gdyby popchnęła sprawę dalej, co by się z tobą stało?
Yo le di uno, ellos le dieron dos
Dałem jej jedną, oni dali mu dwie
Nos diste tres o más
Dałeś nam trzy lub więcej
Todos volvieron de él a ti
Wszyscy oni wrócili od niego do ciebie
aunque antes eran míos
choć przedtem były moje
Si yo o ella tuviéramos la oportunidad de serlo
Gdybym miał szansę być
Si yo o ella estuviéramos involucrados en este asunto
Gdybym ja lub ona byli zamieszani w tę aferę
Él confía en ti para liberarlos
Ufa ci, że ich uwolnisz
Exactamente como estábamos
Dokładnie tak, jak my
Mi idea era que tú habías sido
Sądziłem, że byłeś
Antes de que ella tuviera este ataque
Zanim dostała tego ataku
Un obstáculo que se interpuso entre
Przeszkoda, która pojawiła się pomiędzy
A Él, y a nosotros mismos, y a

On i my sami, i to
No le dejes saber que a ella le gustaban más
Nie daj mu do zrozumienia, że najbardziej ją lubi
Porque esto debe ser para siempre un secreto, guardado de todos los demás
Bo to musi na zawsze pozostać tajemnicą, trzymaną w tajemnicy przed wszystkimi innymi
Este secreto debe seguir siendo un secreto entre tú y yo
Ta tajemnica musi pozostać tajemnicą między tobą a mną
El rey quedó muy impresionado
Król był pod wielkim wrażeniem
"Esa es la prueba más importante que hemos escuchado hasta ahora"
"To najważniejszy dowód, jaki do tej pory usłyszeliśmy"
—No creo que esos versos tengan un átomo de significado — objetó Alicia—
– Nie wierzę, że te wersety mają choć odrobinę znaczenia – zaoponowała Alice
el rey tenía su propia opinión al respecto
Król miał swoje zdanie na ten temat
"Si no hay significado en esas palabras, eso salva un mundo de problemas"
"Jeśli te słowa nie mają znaczenia, to oszczędza to światu kłopotów"
"Entonces no necesitamos tratar de encontrar el significado"
"Wtedy nie musimy próbować znaleźć sensu"
"Que el jurado considere su veredicto"
"Niech ława przysięgłych rozważy swój werdykt"
-¡No, no! -dijo la reina-
— Nie, nie — odparła królowa
"Primero la sentencia y después el veredicto"
"Najpierw wyrok, potem werdykt"
-¡Tonterías y tonterías! -exclamó Alicia en voz alta-
"Bzdury i bzdury!" powiedziała głośno Alicja
"¡Qué tontería es sentenciar al acusado primero!"
"Jakże głupio jest skazywać oskarżonego jako pierwszego!"

—¡Cállate la lengua! —dijo la reina, poniéndose morada—
"Trzymaj język za zębami!" powiedziała królowa, robiąc
purpurę
-¡No me callaré! -exclamó Alicia-
"Nie będę trzymać języka za zębami!" powiedziała Alicja
—gritó la Reina a voz en cuello—
Królowa krzyknęła na cały głos
"¡Córtale la cabeza!"
"Odrąb jej głowę!"
Nadie hizo un movimiento
Nikt się nie poruszył
-¿A quién le importa lo que digas? -dijo Alicia-
"Kogo obchodzi, co mówisz?" powiedziała Alicja
Para entonces ya había crecido hasta alcanzar su tamaño
completo
W tym czasie urosła do swoich pełnych rozmiarów
"¡No eres más que un mazo de cartas!"
"Jesteś tylko talią kart!"
Al oír esto, todas las cartas se alzaron en el aire
W tym momencie wszystkie karty uniosły się w powietrze

Y todas las cartas cayeron volando sobre ella
i wszystkie karty spadły na nią
Ella dio un pequeño grito
Krzyknęła cicho
Estaba medio asustada, pero también enojada
Była na wpół przestraszona, ale i zła
Y trató de quitarse las cartas de encima
i próbowała wyrzucić z siebie karty
Y entonces se encontró tendida en el banco de hierba
A potem znalazła się na brzegu trawy
Su cabeza estaba en el regazo de su hermana
Jej głowa spoczywała na kolanach siostry
Algunas hojas muertas habían caído en su cara
Kilka zeschłych liści wylądowało na jej twarzy
Y su hermana estaba cepillando suavemente las hojas
a jej siostra delikatnie strzepywała liście
-¡Despierta, querida Alicia! -dijo su hermana-
"Obudź się, Alicjo!" powiedziała jej siostra
—¡Qué sueño tan largo has tenido!
"Jak długo spałeś!"
-¡Oh, he tenido un sueño tan curioso! -exclamó Alicia-
"Och, miałam taki dziwny sen!" powiedziała Alicja
Y le contó a su hermana todo lo que podía recordar
I opowiedziała siostrze wszystko, co pamiętała
todas las extrañas aventuras sobre las que acabas de leer
Wszystkie dziwne przygody, o których właśnie czytałeś
Alicia se levantó y salió corriendo
Alicja wstała i uciekła
Y pensó, mientras corría, en su sueño
Biegnąc, rozmyślała o swoim śnie
—¡Qué sueño tan maravilloso había sido!
"Cóż to był za cudowny sen!"

www.ingramcontent.com/pod-product-compliance
Lightning Source LLC
Chambersburg PA
CBHW011049190726
48290CB00011B/3068